前田利家と妻まつ

「加賀百万石」を築いた二人三脚

中島道子

PHP文庫

○本表紙図柄＝ロゼッタ・ストーン（大英博物館蔵）
○本表紙デザイン＋紋章＝上田晃郷

前田利家と妻まつ◆目次

挿　画――中嶋伸子

第一章 ❖ 清洲城下

(一)

綿雲の浮かぶ皐月《さつき》の空に清洲《きよす》城の甍《いらか》が映え、傍を流れる五条川《ごじょうがわ》が眩しい光を跳《は》ねている。

陽が上がる頃から人が動き出し、忽《たちま》ち喧噪な声が町並みに谺《こだま》する。

「おう、今日はどこで商《あきな》うんや」

「いつもの場所よ。早いとこ取らんと外《はず》れちまうでな」

男は、反物や鍋釜の類まで荷車に積んで五条川の橋のたもとへと急ぐ。荷車の数は次第にふえ、人声と小砂利を噛む車の音が騒がしい。

「おう」

「おう」

馴染《なじ》みの顔は明るく、生業《なりわい》をむきだしにしている。いかにも織田信長《おだのぶなが》の城下町らしい粗野で猥雑《わいざつ》な気風だが、底抜けに明るい。

信長は居城を那古野《なごや》から清洲に移してから商いを開放（自由市）し、町は活況を呈している。

ところで彼等が商いの場所を競うというのには訳がある。清洲の若き城主信長を見たいのだ。

なにしろ尾張《おわり》の大うつけと呼ばれた織田弾正忠家《だんじょうちゅうけ》の若が、清洲織田の主家、守護代の織田信友《のぶとも》を謀殺して清洲城を奪ったのだから。

戦国の世に、二十二歳の奇行・非行の若者が下剋上《げこくじょう》を張るなど珍しいことではないが、それにしてもうつけの仕業にしてはと、清洲人《びと》や近隣は仰天した。

それにまだある。妻もある一城の主が、頭を赤紐で茶筅髷《ちゃせんまげ》にくくり、脛《すね》丸出しの小袖姿で単騎・朝駆けの馬を飛ばす。

その恰好たるや、腰を荒縄で縛り、そこには瓢簞《ひょうたん》・火打ち石・巻縄などをぶら提げている。

初めのうちは皆々恐れて息を潜めるようにしていたが、そのうちだんだん近づいていくようになった。

なにしろ野駆けから帰ってきた信長が馬から降りるや、露店の果物や団子を無心するのだから。

「くれぬか、腹空いたぞ」

といきなり売り物の果物や団子を把《つか》んで頰張る。

「旨《うま》いのう。また来るけ、気張って商え」

これだからおよそ殿らしくないが、なぜか憎めず魅力がある。

そんな評判が次々と流れ、信長見たさに清洲城の橋のたもとを狙うのだ。

ところでこのところ清洲では二人の男が噂の種になっている。「猿」と呼ばれる男と、「犬」と言われる男である。

「サルってのは、まさかほんまの猿ではあるめいな」

「それがお前、ほんまの猿に似とること、似とること、それが面相ばかりではないぞ。立ち居振る舞いから動きの早さまで猿じゃという」

「ほう面白そうじゃのう。じゃから信長様の気に入られた」

「いや、ところがどっこいそれが顔じゃねえ」

「ならなんじゃ」

「聞いて驚くなよ、なんでも信長様と問答したそうや」

「何、問答じゃと？　あの若殿と問答とは驚きじゃ、一体どんな問答じゃい」

「そんなこたあわからん。ま、針売りの『猿』じゃからして、針の穴から天をのぞくとか、この針で清洲の次は美濃《みの》を縫うてくだされとか、ま、そんなことを抜かしたんではないかの。それが信長様の気に入られた」

「うーむ、なるほどのう。それにしても滅多にないことじゃ」

　こんな会話が商いの合間によく交わされる。何度聞いても面白く、何度聞いても聞き飽きない。ということは、内心どこかであやかりたいのだ。

「猿」と呼ばれるこの男、なんでも尾張中村の貧しい百姓の出というが、近郷近在を流れ歩き、針売りを生業としていたらしい。

　それがこの清洲城下で信長の目に留まり、そのまま猿のように後を尾《つ》けて城に入り、信長の草履《ぞうり》取りから二年後には足軽の仲間入りをしたという。

　話を引っ張っている青物売りは、その方が面白いらしく、野菜に陽が当たっているのも忘れて熱が入る。

「その猿男の顔を見たいかい」

　傍の茶碗売りは首を振った。

「わしはそんな猿の面《つら》なぞ見とうはねえ。わしがここに座っとるのはその若よ、信長様を見たいだけじゃ。そんな機会《おり》のために、ほれ、こうして瀬戸《せと》や土岐《とき》の逸品をこっそり置いとる」

「ほう、それで声でもかけられたらどうするい」

「この逸品を渡してそれまでじゃ」

「なんじゃつまらん。猿のように取り立てて貰いたいのやねえのか」

「いや、わしにゃそんな才覚はねえ。それに足軽になったところで、戦場《いくさば》の前に押し出されて死ぬだけやねえか。そんなことはご免じゃ」

「ならここにくることはねえ」

「それではおぬし、足軽にでもなりたいのか」

「なりたいの、猿のように」

「じゃったらほれ、『犬』と呼ばれる若殿のお気に入りがいるじゃろ。その『犬殿』に目をつけられるんじゃの」

「犬様か」

青物売りは目を離して空を仰いだ。

「それよりほれ、肝心の売り物に陽が当たっておるではないか。陽除《ひよ》けをせんかい、陽除けを」

「おお、そうじゃ、こりゃいかんわい」

と男は陽覆いの莫蓙《ござ》を上にかけた。

（二）

物売りの言った若殿のお気に入りという「犬様」とはどんな男か。

こちらは「猿」とは違って歴《れっき》とした出自だ。

前田犬千代《いぬちよ》、「猿」より一歳下の天文七年（一五三八）の生まれで、尾張の小豪族、荒子《あらこ》城主前田利春《としはる》の四男である。

生まれた年が戊戌《つちのえいぬ》だったため、干支《えと》にちなんで幼名を犬千代と名づけられたようだ。

父の利春（利昌《としまさ》）は美濃富田、前田城の出身で、犬千代もそこで生まれた。そして犬千代七歳の時、利春は前田から程遠からぬ尾張の荒子に一城を構えた。

もともと前田家は織田信秀《のぶひで》の与力《よりき》で、信秀死後は信長が主である。

そんなことから犬千代は、那古野時代の信長、つまり吉法師《きつぼうし》の小姓となった。

ところがこの若は、うつけと謳われる悪餓鬼《がき》で、それに付き合わされるのだから大変だ。

「犬ー、そちは犬というからは、どんな犬でも手懐《てなず》けられよう。今度の野駆けでは狼のような犬を捕えてみせよ」

そう言われて犬千代は寝られなかった。そこで傅役《もりやく》にそっと打ち明けた。四十半ばの傅役平蔵は分別盛りだ。

「若、それなら」

平蔵は十歳の犬千代に一案を授けた。

「それで駄目なら、いっそ殺《や》ってしまいなされ」

「いや、それでは吉法師様が……」

犬千代は竦《すく》んだ。

「よろしいですか。相手は獣でございまするぞ。獣と組まされて人が死ぬようでは面目が立ちませぬ。小刀を使うは人の知恵でございます」

「わかった爺」

そして明くる日、吉法師に従った数人の子どもらが、山野に分け入ると、どこでどう用意したのか、三匹の野犬が現われた。

「行け、犬！」

忽ち指令された犬千代は、馬から降りると叢《くさむら》を分けて犬に近づいた。見れば荒子のどこにでも見かける犬だが、その中の一匹は見るからに獰猛《どうもう》だ。

うーっと小さく唸った一匹に、犬千代は怯《ひる》むことなく懐から鶏の肉片を鼻先に近づけた。すると三匹は肉片に固まり、肉を貪り始めた。

その間、犬千代は強そうな一匹の胴体に縄を巻き、食い終わると吉法師の傍に引いてきた。

「ほおー、さすがは犬じゃ。うまい手懐けようじゃ、ハハハハ……」

全身汗を流している犬千代を面白がると、吉法師はそのまま城へ駆け去った。

「あのお方にお仕えするには、武技と胆力だけでは足りませぬ。知恵をお使いなさらなくては」

傅役平蔵のことばが身に沁みた。

そんな吉法師に仕えるため、犬千代も一端《いっぱし》の腕力をつけ、荒ぶった恰好をするようになった。

それが気に入られるところとなり、「犬」「犬」と、いつのまにか吉法師の寵童になってしまった。

ところがこの「犬」「犬」がこの頃気に喰わぬ。なぜなら「犬」と呼ばれればお側にすっ飛んでいかなければならないからだ。

(何が犬じゃ、わしは歴とした人間じゃ)

幼名とはいえ情ない。いかに戌年《いぬ》生まれだからといって、何も「犬」と名付けることはなかろう。

犬とは所詮人に尾《つ》き従うもの、または密偵・間者・裏切り者など、碌なことに使われない。

現にこの間も信長付きの重臣林通勝《みちかつ》ら数人が集まった中で、皆から、

「犬」

「犬」

と呼ばれ、腹が立った。

「わたしは犬ではござりませぬ。犬千代にございます」

そう言い返すと、

「ワハハ……そうじゃったの。確かにそちは犬千代じゃった。したが犬の方が面白いではないか」

と嗤《わら》われた。

(これじゃからいやになる。わしは早う「犬千代」を捨てねば)

己が矜持《きようじ》が保てない。そのためには元服することだ。現に吉法師は元服して「三郎信長」と名乗っている。

天文二十年（一五五一）八月、犬千代は信長の近習《きんじゅう》となり、そこで信長の伯父、津田信家《のぶいえ》を烏帽子《えぼし》親として荒子城で元服した。十四歳の時である。

新しい名乗りは「孫四郎利家」である。利家の利は、前田家の男子の一字で、兄たちもそれぞれ利久《としひさ》・利玄《としはる》・安勝《やすかつ》と名乗っている。

ここで利家がいみじくも「家」の字を用いたことは運命的である。なぜならこれから三年後、三人の兄をさしおいて荒子城主となり、前田家の頭領となって戦国の世を生き抜き、加賀百万石の家祖となるからだ。

こうして「犬」から脱却し、意気揚々と城に上がると、

「なんじゃ、利家じゃと——馴染めぬのう。やっぱり犬の方がいいぞ」

と信長から揶揄《やゆ》された。

「犬が嫌なら虎ではどうじゃ」

「いや、虎などどこにもおりませぬ。利家でござる」

そう言って見栄を切った。

こうして元服したものの、元服したからは初陣《ういじん》を果たさなければならない。

その初陣の日がきた。信長の清洲城攻撃である。これに備えて利家は密《ひそ》かに長槍と刀の猛練習に力《つと》めた。

槍の指南は平蔵だが、敵を突くばかりでなく、首級を挙げるとなるとこれは肉薄戦である。そこで荒子の若武者が相手になってくれたが、どうして首を取るかについては直《じか》に教えてはくれない。大体人の首を掻き切るなど想っただけで身が竦む。

「爺、首級を挙げよと言うてもどうしたらいい」

「そうですね、まずは犬や猫の首を取ってきてみなされ」

今度はそう言われた。犬や猫などどこにでもいるが、首を取ってこいとなると大変だ。

まず近くでよく見る猫を手懐け刺し殺した。それから小刀を抜いて、首の辺りをえいと目をつむって引いたが、骨に当たってどうも一刀ではいかない。目をつむるどころか、両手から肘まで真赤に染めながら、首の骨を切るのに手間どった。それに小さくとも思ったより首は重いものだ。

「爺、わしは人の首なぞ取れぬかもしれぬ。猫の首を取るだけでも大変じゃった」

「誰でも初めはそんなものです。したが若、戦場《いくさば》となったら、それをやらねばこっちの首が取られるのですぞ。犬・猫の首どころか、人の首を取るか取られるかというとき、若はどうなさる」

「うーむ」

一人唸った。それから利家の猛練習が始まった。犬・猫を刺して、その首を取ることである。

その甲斐あって、清洲城攻撃で利家は初めて大人の介添えなしで、首級を掻き取った。

名のない者の首でも利家は興奮した。あの首の骨を、どのようにして力をこめて切り取ったか覚えもないくらいだ。

それにしても何たる重さだ。人の首がこんなに重いものだとこれも初めてわかった。それを陣所に持参すると、またしても、

「おお犬、ようやったぞ」

信長に褒められたが、それでも、

「犬ではございませぬ、利家にございまする」

と反駁《はんばく》した。

こうしてともかくめでたく初陣の面目を立てることができた。

それから三年たった永禄元年（一五五八）七月、再び従軍することとなった。戦場は尾張の丹羽《にわ》郡浮野である。

戦う相手は織田家の宗家、尾張上四郡を領する守護代、岩倉城主の織田信賢《のぶかた》である。

三年前、信長は、尾張下四郡の守護代織田信友を謀殺して清洲城を奪い、その翌々年、弟の信行を清洲城に誘って屠《ほふ》った。即ち信長のねらいは織田一族の掌握であり、尾張統一である。その最終段階が織田信賢だ。

この浮野合戦で目立ったのが鉄砲の名手橋本一巴と、槍の利家であった。利家はこの後、名乗りを「孫四郎」から更に「又左衛門《またざえもん》」と改めた。

左衛門とは平安の昔、禁裏衛士《きんりえじ》の呼称で、以来、それなりの地位にあった武士の名乗りとなっていた。

「前田又左衛門利家。どうじゃ、こっちの方がいいではないか」

と利家は一人悦に入った。

（生涯わしはこれでいく）

「槍の孫四郎」から「槍の又左」に変わったのはこれからだ。

ところで「槍の又左」などというと、さぞむさく猛々しい男かと思いきや、なかなか信長に劣らぬ美青年である。

色白く、切れ上がった目元涼しく、鼻梁の通った顔は、荒子は言うに及ばず、那古野、清洲でも評判だ。

吉法師、犬千代の頃から、二人の並んだ姿は、男のみか女たちの目まで惹いた。どんなに髪を乱し、破れ衣を身につけて脛《すね》丸出しに傾《かぶ》こうと、それはそれで面白く、地の美形を損なうことはない。

それにいつも連《つる》んでいることから、衆道《しゅどう》（男色）の仲ではないかとさえ疑われている。

「ちょっと憎らしいわね」

清洲の町中で、城の男たちの噂話をするのは、なにも物売りたちばかりではない。五条川の橋のたもとは、若い娘たちの溜り場にもなる。

「姉ちゃんたちよ、そんな所で若殿やお犬様をいくら待っても仕様があるめえ。若殿には歴とした奥方様がござっしゃるんじゃ。すると何かえ、妾の座でも狙おうって算段かい」

夕餉《ゆうげ》の魚を焼く匂いや、煮物の湯気を立たせている露天商の中年男が、屯《たむろ》している娘たちにお節介の声をかける。

「いいの、放っといて」

「いやあ放っとけないね。身の程を考えろってことさ」

「うるさいわね。どうしようとこうしようと小父《おじ》さんには関係ないの」

と突っ張ねる娘たちも、いよいよ待ちくたびれてくると、そんな男たちのお節介にも相手になる。

いずれも十四、五の娘たちだ。彼女たちの憧れと関心は信長と利家である。だからそこへうまい具合に二人が戻ってこようものなら大変だ。

娘たちは怖れ混じりの笑顔に媚を浮かべながら二人を迎える。ところがいざとなると声も出ないのだ。つまりはまだまだ初心《うぶ》なのだ。

そして息を詰めるようにして二人を見送ると、忽ち騒ぎ出す。

「どっちがどっち？」

つまり、よく似た二人のどちらが信長様で、どちらがお犬様かということだ。清洲城下では、改名した利家よりも、「お犬様」の方で親しまれている。

「うーむ、一寸わからんかった。ほんとによう似とるもんでのう」

さらさら髪の娘は赤い顔で瞬《しばたた》いた。

「そう、わたしにもわからなんだわ」

すると一人が、

「確か背の高い方がお犬様よ。若殿よりずーっと高いって男たちが言うてるよ」

「そうか、するとすらりとしたのがお犬様だ。わあー、恰好いい」

などと、まるで人気役者を評するようだ。

ともかく二人は、清洲城下の人気者だ。

第二章 ❖ 長屋の隣人

(一)

清洲城から十町ほど離れた所に、路地を挟んで足軽長屋の細長い屋根が連なっている。

まだ屋敷を持てない足軽たちの住まいで、建てつけの悪い戸に、破れ紙が風におどり、焼き魚や饐《す》えた匂いが路地に漂っている。

その長屋に、最近珍しい女が入ってきた。色白に丸顔、笑顔には愛嬌がある。顔を見ると十歳を出たところだが、身丈があり、張った両肩から見る体つきは、十五、六歳には見える。

長い髪を項《うなじ》のあたりで結び、鬢削《びんそ》ぎをしているところを見ると人妻だ。きちんとした白衿をたて、薄桃色地に白い花びらや草を描いた絵柄の着物姿から見ると、新妻であろうが身のこなしには生活感がない。

それもそのはず、煮炊きや洗い物をする女が別にいる。二十代後半のきびきびした立ち居振る舞いから、どうも若妻付きの下女でもあろうか。それにわかったことは、この若妻が下女風の女から、

「姫様、姫様」

と呼ばれていることだ。こんな清洲の足軽長屋に、姫様と呼ばれる女が入ってきたとは驚きだ。

（どういう事情があるのだろう）

長屋の住人たちは顔を寄せて噂し合った。

「一体どこの者《もん》や」

「誰の嬶《かかあ》じゃろ」

「さあなあ」

話題の女の身元がばれるのにそう時間はかからなかった。それより聞いてびっくり、長屋ではその噂で持ちきりとなった。

「なんじゃと、荒子の前田又左衛門殿の奥方じゃというでねえけえ」

前田利家といえば、信長の小姓として少年時代から付き従い、浮野の岩倉攻めで手柄をたてた、信長側近中の側近である。

それに荒子の前田家は、清洲にも広い屋敷を構えている。そんな利家が、いかに前田家の四男とはいえ、嫁御を貰ってからこんな饐えた匂いの足軽長屋に越してくるとはどういうことか。

ともかくこんな長屋に、下女付きの姫様呼ばわりされる女が入ってくるなど異常であり、どうしてこんな長屋住まいをしなければならないのか、そっちの方に興味が移った。

しかし、何日たっても、どこからもそれを明かす話は聞こえてこない。城に出仕する侍に訊《き》いても、首を傾げるばかりでとんと要領を得ない。

「いっそ又左様に訊いてみたらどうじゃい」

「そんなこたあ訊けるかい。それより無礼討ちでもされたらそれまでじゃ」

「そうじゃ、そうじゃ」

「ま、ええでねえけえ。荒子の前田様の若殿が、どんな事情があるにせよ、わしらと同じ長屋に住んどられるちゅうこたあ、楽しいことよ」

「そうじゃ、そうじゃ」

と長屋人《びと》は利家夫婦に好意的な目を向けた。

清洲長屋を吹く風が和んできた。そうなると長屋の戸も開け放しとなり、家の中が丸見えだ。そんな中で終日閉まっているのは前田利家の家ぐらいなものである。

と、ある日、

「いい日和《ひより》になりましたのう」

と聞き馴れぬ声が長屋の路地を歩いてきながら、一軒の空き家に入った。男は身丈の低い、見るからに小者足軽風情である。別段珍しくもないがこの男、早速隣り近所はおろか、長屋の端から端まで一軒一軒挨拶に回った。

「木下藤吉郎でござる。これからよろしゅう」

と如才ない。身ごなしが軽ければ口も軽い。

「おう、木下藤吉郎と言えば猿じゃねえか」

住人たちは面白がった。何しろ清洲の町中で、針売りをしていたところを、信長に拾われ、いつのまにやら足軽組頭になったというのだから抜け目がない。ま、信長に拾われた経緯《いきさつ》が経緯だけに、清洲で知らぬ者はない。そんな猿男がここへきても、別段珍しくもなく、異常でもない。

ところが口の軽いこの藤吉郎から長屋の謎、前田利家と姫様のことがばれてきた。

藤吉郎は、利家と面識のあるはずはないが、どこで仕入れてきたのか、実によく知っている。それほど関心を持っていたということだ。

「それであの奥方は幾つじゃ」

長屋の女房たちの目利きでは十歳から十五、六歳と幅がある。

(二)

姫様の名はまつ、天文十六年(一五四七)生まれというから当年とって十三歳、そして九つ違いの利家は二十二歳。

それに二人は従兄妹《いとこ》だった。従兄妹結婚が珍しいというわけではないが、まつは実のところ、利家の荒子城で育っている。だから二人は幼少の頃からよく見知った間柄なのだ。

「姫様」と呼ばれるのは荒子の城で育ったからで、これには深い訳がある。

まつの生地は尾張国海東郡《かいとうごおり》沖の島で、父は信長の弓頭篠原主計《かずえ》である。ところが主計が早死にしたため、まつの母は幼い娘を連れて、同じ織田家中の高畠直吉《なおよし》に再嫁した。

しかし、この高畠直吉もまた二年後に他界してしまった。暗澹とした母は、幼いまつの将来を案じた。

(どうしたものか)

実父・継父と二人の父に死に別れた。その間、継父直吉には懐かず、いつも母にまとわりついていた。

だから再々婚ともなると、どうなるか、娘のことを思うと哀れでならない。そこで姉の嫁ぎ先、荒子の城主前田利春の所を考えた。

いずれ娘は手放すもの、遅かれ早かれ同じことだと心が決まった。それに前田家は、初婚の篠原・再婚の高畠両家とも姻族である。それゆえに抵抗はなかった。

その日まつは、よそ行きの着物を着せられて、早朝母と家を出た。手を引かれての外出など珍しく、浮き浮きしながら母に抱かれて馬の背にも揺られてきた。

そして午《ひる》近くなって、大きな門の前で降りた。このとき子ども心に不安を覚えた。

(もしかしたら、また家を移るのでは)

記憶は薄いが、住処《すみか》が変わり、見たこともない男《ひと》を義父《ちち》と呼ばされた。その義父が亡くなった。ということは、またこの家に移ることになるのだろうかという不安である。母の手を握る手に力が入った。

大きな家で、板敷きを歩くと庭に面した部屋に入った。そこに座ると、暫くして母に似た年頃の女が現われた。

「ああ、おまつちゃんかの」

「伯母さまじゃ、ご挨拶を」

と母はまつの頭を押さえた。

それから伯母と母は長々と話をしていた。まつが退屈すると「庭に出てみよ」と言われ、外へ出た。手入れの行き届いた広い庭の泉水に、小さな緋鯉が泳いでいるのが面白く、つい見とれて時を過ごしたようだ。すると、

「おまつ」

と呼ばれ急いで沓《くつ》脱ぎ石に戻ってくると、縁側に伯母が立っている。

「母《かか》さまは？」

外から部屋の中を見渡したが、座っていた筈の場所に母の姿がない。反射的に縁側にかけ上がったまつは、

「母さま、母さま」

と部屋じゅうを見廻しながら廊下へ出た。しかし、どこにも母の姿が見当たらない。いよいよ不安にかりたてられて、伯母の側に戻ってきた。

「母さまは？」

泣き声である。

　すると伯母はまつの両肩に手を置いて、つとめてやさしい笑顔で言った。

「今さっき帰られたよ。そこでの、おまつは今日からこの家の子になった。この伯母さまがおまつの母さまじゃ」

　途端、まつは伯母の手を振り払って走り出した。しかし、どこをどう走り廻っても、さっき通ってきた玄関口へは出られない。

　まつの生涯で、懸命に走りつづけた記憶は、このときのものである。泣きながら洟《はなみず》をたらして、ようよう玄関の大門を探した。

　そしてやっと見つけた大門にくると、赤々とした夕陽が行く手を塞いでいた。それでも高い敷居を跨《また》ぐと、

「母さまー、母さまー」

　と斜陽を目がけて走った。しかし、どれほど走っても、延々とつづく路の先には、人らしい影もない。遂に路上に立ちつくしたまつは、このとき初めて母に置き去りにされたことに気づいた。

「今日からは、伯母さまがまつの母さまじゃ」

　と言われたことばの意味を、子どもながらに悟った。母はまつを伯母の家に預け

るべく、家を出てきたのである。

（どうして？）

子どもながら暗然とした。捨てられたという実感である。

泣きながら大門に戻ってくると、そこに立っていたのは見知らぬ少年であった。

「おまつ」

声をかけてくれた少年は見上げるばかりに背が高い。この少年が従兄の犬千代だったのだ。

前田家の養女となったまつには、十七、八歳の侍女が付いた。登志《とし》である。まつの身の周りを見る、いわば実質的母代わりである。

着替えから食事の世話など、一切がこの登志の世話を受ける。そして登志から「姫様」と呼ばれるようになった。

しかし、どんなに大事にされても直ぐに懐けるものではない。人形のように、ただ従順に伯母に従い、登志の世話を受けながらも、大きく開いた心の穴をふさぐことはできなかった。

あの母がどうしてまつを置き去りにしたのか、子ども心にそれがわからない。わ

伸

からないだけに、無性に悲しく、そして恨めしいのだ。

そうしてかれこれひと月が過ぎた。

「まつ」

呼ばれて振り向くと、あの少年が立っていた。

「心配せんでいい。わしはこの家《や》の者じゃ。まつの従兄の犬千代じゃよ」

「犬千代さま」

なぜか懐かしく慕わしい気がする。そんなまつに、

「これをな、熱田の祭りで買うてきた」

と犬千代は一体の土人形を手渡した。まつの掌《てのひら》には余るが、黒髪に白い顔、そして小花のついた赤い着物の童女人形である。

「有難う、兄上さま」

と言ってから慌てて、

「犬千代さま」

と言い直した。すると、

「兄上様の方がいいぞ」

と頭を撫でてくれた。頭を撫でてくれた感触と、初めて手にした愛らしい土人形

に、幼いまつの心が和んだ。

そのやさしい犬千代さまこと兄上が、どういうものかそれから姿を消してしまったのだ。

「犬千代さまはどうなされたの」

登志に訊くと、

「ああ、犬千代様は那古野《なごや》のお城におられますよ」

と言う。那古野の城とは織田吉法師の居城である。犬千代は吉法師の小姓だったのだ。

まつにとって、異性から得た初めての好意は、その後もずっと心の裡《うち》から消えることはなかった。その犬千代が、荒子の城にいないことが淋しかった。

六歳頃から伯母によって手習いが始まったが、今は、三日置きに近くの寺に上がって学習をするようになった。そして三年経ったこの頃、顔はまだ童女の面差しだが、背丈が急速に伸びてきた。そんなまつに、

「もうこれ以上伸びねばよいがの」

と伯母は時々言う。体の大きい女は可愛くないと言わんばかりだ。

ところで前田家の世嗣ぎ利久、そして利玄《としはる》・安勝にもそれぞれ妻がいるが、ない

のは四男の犬千代と五男だけだ。そこで利春夫婦は元服した孫四郎に、そろそろ嫁をと考えている。ところがこの孫四郎、清洲城にどっぷりつかって、滅多に姿を現わさない。

その孫四郎を待ち受けて、利春夫婦は早速話を切り出した。

「どうじゃ孫四郎、そなたも元服したからには、そろそろ嫁を迎えてはどうかの」

そう勧められても、一向に孫四郎の顔が綻《ほころ》ばない。ということは、清洲にいい女でもいるのかと疑いたくなる。

「兄たちもそれなりの家から嫁を迎えているゆえ、そなたの嫁も、前田家にふさわしい嫁をと考えているがの」

すると孫四郎は思い切ったように口を割った。

「まつを、まつを嫁にと考えております」

「なに、まつじゃと。あの娘はまだ九つではないか」

利春は笑った。

「いけませぬか」

「そういうわけではないが、まだ九つではのう」

利春夫婦が顔を見合って驚いたのは、九歳という年齢よりも、まつをと言い出したことだ。

一つ屋根の下に暮らしてきたとはいっても、ここずっと孫四郎は殆ど清洲にいる。その孫四郎が幼いまつをどうして嫁に――殊更異を唱える理由もないが、あまりに唐突であり過ぎる。

「どうしてまつなんじゃ」

「愛《いと》しいと思うているからです」

この告白をどうとらえたらよいのだろう。幼い従兄妹とはいえ、二度も父を亡《うしな》った幼女の悲しみと淋しさを、癒してやらねばと思っているのだろうか。

「時機がきたら嫁にしたいと思うています。ですから私が清洲にいても、まつをどこへも嫁《や》らないでくだされ」

利春は絶句した。まさかこんなことを孫四郎の口から聞かされようとは思わなかった。

しかし、異を立てる気はない。義理とはいえ、哀れな娘だ。幼にして父を失い、二度の他家入りである。それも四歳だったことを思うと、まつの幸せも考えてやらねばならない。

「孫四郎がそなたを嫁にと言い出しての。十歳になったらじゃ。そなたもそのつもりで」

そう言われてまつはびっくりしながらも、乙女らしい心のときめきを覚えた。

(あの兄上さまが、わたしを……)

前田の家にきて、一番心を開くのはなんといっても登志だが、次は犬千代だ。その犬千代から貰った土人形は、今もまつの手箱の中に大事に仕舞われている。

それから三年たった永禄元年(一五五八)、即ち浮野の合戦に従軍した後、利家とまつの祝言が荒子城内で挙げられた。兄たちに比べると、極めて簡素なものである。

なぜなら他家から嫁御寮が輿を仕立てて入ってくるわけではなく、全く身内の祝言だからだ。利家二十一歳、まつ十二歳であった。

十二歳のまつが、初めて新床で利家と相向かった。二人で庭をそぞろ歩くこともなく、城から出て小夜川の畔《ほとり》を楽しんだこともない。

それでもなぜか慕わしく懐かしい利家だった。その利家と、いきなり祝言をあげることになった。嬉しいというより、心がどぎまぎする。

部屋の中に仄明《ほの》るい燭が一つ、その傍に大布団が一つ延べられている。これから何が起こるかということも確《しか》とわからない。ただ利家と暗い部屋で夜着のまま対したことに怖れを覚えた。

「まつ」

利家は震えているまつの手を取った。丸い額に丸い目、八年前に泣きながら母を追って帰ってきたあの顔である。

「どうした、安心しろ。これからは利家がそなたについている。心配することはないのじゃ」

利家と初めて一つ床に体を横たえたが、体は硬直するばかりだ。そして何やら訳のわからぬ愛撫のされ方をして疲れて眠った。

朝目ざめると、まつの横に利家が寝ていてまた驚いた。昨夜の刻印が体に残って疼痛《いた》いくらいだ。それでも心配するなと言われた。これからはまつの唯一の味方であり、頼りになる人なのだ。

㈢

新婚の利家が清洲の前田屋敷から、城下の足軽長屋に移ると言い出して、利春夫婦はびっくりした。

前田の息子、それも信長の小姓上がりの近習で、これまで幾つもの手柄をあげてきた利家が哀れでならない。

ではなぜ利家が足軽長屋に入らなければならなくなったのか。それは信長の怒りを買って、浪人暮らしになってしまったからだ。これは利家の人生で初めての躓《つまず》きである。

というのは、信長の同朋《どうぼう》の一人十阿弥《じゅうあみ》に腹を立て、斬り捨てるという事件を起こしたからである。同朋とは法体《ほったい》で殿に近侍し、取次・伽《とぎ》などの役に当たる者のことだ。

では何に腹を立てたのか——原因は十阿弥にあった。十阿弥が利家の刀の笄《こうがい》を盗んだのである。

笄とはそもそも髪搔《かみか》きのことで、結髪した髷に差すものだが、武士の脇差しにも差すようになり、利家の笄は金銀の飾り細工を施したものだった。

それが盗まれた。盗んだ者が十阿弥だとわかり、十阿弥を難詰した。そのときの不貞腐れたもの言いと態度に、腹の虫がおさまらなかった。

「成敗してくれるわ」

と刀の柄《つか》に手をかけた。それを周りから宥《なだ》められ、信長からも、

「大目に見てやれ」

と口添えされた。一時はそれで腹の虫をおさめたが、その後、利家の悪口を言うに及び、

「許せぬ」

と利家は十阿弥を斬ってしまった。これが信長に聞こえ、激昂させた。

「なんじゃと、利家が余の命令に背《そむ》いたと――捨ておけぬ。余が手で今度は利家を成敗してくれるわ」

太刀を取った信長に、侍臣たちはびっくりした。

「殿、お宥《ゆる》しを、お憐れみを。利家はまだ二十歳《はたち》そこそこの若者にございます。これからも殿のために命をかけて働きましょうものを。ここのところは何としてもお宥しを」

と懸命に懇願し、命乞いをしてくれたのは柴田勝家《しばたかついえ》だった。この勝家の言が容《い》れられ、利家は一命を拾ったものの、城から追放され、浪々の身となってしまったのだ。若気の何とかである。

「まつ、許せ。わしの短慮で祿を失い、足軽長屋に入らねばならなくなった。尾《つ》いてくるか」

首を垂れる利家に、

「わたしは一向に構いませぬよ。元々わたしは家のない娘ですから」

とからりとしている。

「まつ、暫くの辛抱じゃ。我慢してくれ」

そう言われてきたものの、六畳二間と三畳だけの小屋のようなもので、長持も二つは入らない。それに小さな流しと竈《かまど》一つという有様で、当面の生活の仕方がわからない。更にまた、長屋近所の付き合い方もわからない。

しかし、そこはしっかり者の登志がいて、生活万端切り盛りをしてくれる。

「不自由じゃろ。思うたより狭いのう」

長屋の暮らしがこんなものだということを初めて知った。そういえば荒子の村も、こんな家が多かったような気がする。

庶民とはこういうもの、それでも馴れてくると、それなりに暮らしの調子が出てくるものだ。

こうして日が経つうち、まつは体の異常を覚え、それが懐妊だとわかった。

そして新緑の永禄二年（一五五九）六月、第一子をあげた。長女、幸《こう》の誕生である。早速、高畠から母が駆けつけ、ひと月ばかり赤児の世話と、養育を細々《こまごま》と教えてくれた。

母が帰ると、長屋の路地を赤児を負《お》ぶったまつの姿が見られるようになった。

「おう、前田様で。赤児はやっぱり可愛いものですのう」

外へ出ると、真っ先に声をかけてくれるのは一軒先の小男である。背中の赤児の顔までのぞき込んでの愛想には、人情味がある。

帰ってきた利家に、

「一軒先の人は子ども好きなのでしょうか、必ず声をかけてくれます。でも人は時々猿、猿って陰口をききます」

と言うと、

「いかんのう陰口は。それに人を猿呼ばわりはいかんぞ」

利家がそれを強調するのは、自分が犬呼ばわりされてきたからだ。だから利家は藤吉郎を猿などと呼ぶことはない。

明けて永禄三年（一五六〇）五月、信長に一大危機が迫っていた。東海の雄、今《いま》川義元《がわよしもと》が四万余の兵を率いて尾張の国境に迫ってきたのである。

万に一つの勝機を狙って、信長は出陣した。義元が沓掛《くつかけ》城から進発したという情報に賭けたのである。桶狭間《おけはざま》村の小高い丘の上で、休息の陣幕を張っている今川本隊は手薄である。そこへ幸いにも雨が降ってきた。それも篠つくような雨である。その雨を衝いて、信長は一気に陣幕目がけて丘を駆け上った。

雨の中で不意を衝かれた義元本陣は大恐慌を来し、うろうろしている間に義元はとうとう首を討たれてしまった。

この合戦に、藤吉郎ともう一人、ひそかに隊列の中に加わり、槍をかざして奮闘していた若者がいた。

「殿、又左《またざ》利家が加わり、首をあげましてございます」

勝家の注進にもかかわらず、信長は聞く耳を持たなかった。

乾坤一擲《けんこんいってき》を賭する戦さに、利家のことなど頭に入らなかったのである。

それでも利家は諦めない。戦乱はまだまだ続き、機会もまだまだあるはずだ。そして翌永禄四年（一五六一）五月、次なる戦さ美濃攻略の前哨戦、森部合戦が始まった。

美濃の守護斎藤道三《どうさん》亡き後、その子義龍《よしたつ》の君臨する間は手が出なかったが、義龍急死の報を聞くや、信長は千五百の兵を率いて西美濃に侵攻した。

十四日、森部で敵将長井利房《としふさ》・日比野《ひびの》清実《きよざね》と対峙し、またまた折からの雨を衝いて泥土の交戦となった。

そして激闘の末、勝利し、敵の首級だけでも百七十余を数えた。この戦さに利家も加わっていた。しかも利家のあげた首級は、「頸取足立《くびとりあだち》」と謳われる猛者《もさ》、足立六兵衛だったのだ。

「殿、利家を何卒《なにとぞ》」

勝家の再度にわたる進言を、信長は黙って聞きとった。

そういえば一年前の桶狭間にも現われ、首級二つをあげていた。それに今度は「頸取足立」か――。

二日後、利家は清洲城に呼ばれた。久しぶりの懐かしい城である。

広間に胡座して待っていると、荒い足音がしてきた。聞き覚えのある足音である。

「おう、きたか！　犬。あいや、利家か」

「はっ、お懐かしゅうございまする」

「わしも、会いたかったぞ」

そのことばだけで十分だと思った。するといきなり、

「今日から、そちの帰参を認める。それに行賞は後で知らせよう」

と、相も変わらぬぶっきらぼうだ。ところがその顔がにやりと笑った。

「そちは今、足軽長屋にいるそうじゃが、どうじゃ、長屋住まいは……」

その目が好奇に満ちている。

「面白うござりまする。よろしかったら殿も一度、お立ち寄り下されませぬか」

「ワハハ……。やっぱりそちは犬じゃのう。わしに長屋にこいとはのう。そうじゃ、いっぺんのぞいてみようか」

この呼び出しで、利家は三百貫が加増され、これまでと併せて四百五十貫の身代となった。


「まつよ、喜べ。これでどうやら元の身分に戻れたぞ」

「おめでとうございます」

手柄よりも元気で戻ってくれたことの方が嬉しい。今や一女の母となってみると、利家の出世よりも、無事で帰ってくれた方が有難い。

「どうじゃ、帰参がなったからは、こんな窮屈な長屋にいることはない。元の清洲

屋敷に戻ろうか。それとも新しい家でも建てようか」

　利家の顔が久しぶりに輝いて見える。利家としては、貧しい思いをさせた妻子や侍女の登志に、面子《メンツ》を立てたいところなのだ。

　その夜、まつは祝膳を用意した。利家の好きな魚を求め、酒も好みのものを買ってきた。

　まつと登志を相手に利家は機嫌がいい。機嫌がいいのはよいが、

「思えばこんな薄汚い所によくも居れたものじゃ。なあまつよ、明日にでもここを引き払うてもいいぞ」

　と威勢がいい。

「まあ、そんな大きな声で。ご近所に聞こえたらよくありませんよ」

「なあに、聞こえたってどうということはない。それよりどれだけわしらは我慢したかしれんぞ」

　酔いにつれて、利家の声がだんだん大きくなっていく。すると傍の登志が思い余って口を挟んだ。

「利家様は我慢我慢とおっしゃいますけど、殆ど家にはおられません。我慢なさっておられるのは奥方様の方ですよ」

と逆襲する。

「ああそうか。こりゃ一寸言い過ぎじゃったかの」

「そうですとも」

そう言いながらの楽しい夕餉である。

そして薄汚いの、我慢したのと言いながらも、つまりはそのままずるずると居つづけてしまったのである。

㈣

狭い長屋の夏は暑く、一日中表の戸は開け放しだ。娘の幸もよちよちと歩き出し、目離しがならない。

と、戸口に人影が立った。どなた様でと訊くまでもなく、もう三和土《たたき》に立っている。男と女である。

「あれ、これは藤吉郎さんではありませんか。お連れさんは?」

「今日は。このたび嫁を娶《めと》りましたんで、よろしくお願いします」

という口上である。

「これはおめでとうございます」

まつは幸を腕からおろすと上り框《がまち》に手をついた。と、

「まあ、可愛いこと、なんというお名？」

藤吉郎の新妻は、まつの後ろに立った幸に愛想を送った。

「幸です。よろしく」

「わたしも早いとここんな可愛い子が欲しいわね」

と悪びれもせず藤吉郎の脇を小突いた。

その夜、まつは利家に藤吉郎夫婦のことを告げた。

すると利家は、

「ハハハハ……そうか、二人で挨拶にきたか」

と声をあげて笑った。

「なにがそんなに面白いのです」

「いやあ、藤吉郎はあれでなかなかの男じゃ。人は見かけによらぬというが、それは彼《あれ》のことを言うのじゃ」

利家が藤吉郎を意識するようになったのは、猿などという綽名《あだな》のためではない。

出自のことはともかく、藤吉郎が短期間で、石工・大工を動かして清洲城の大修理

をやってのけたことだ。

武辺者《ぶへんもの》は刀槍に通じ、戦さのことのみを考えるが、城の修理や構築の実際には疎《うと》い。ところがそれを小人《こびと》上がりの藤吉郎がやってのけたのだから見事である。隠れた才を認めざるを得ない。

そればかりか、桶狭間といい森部といい、戦さに混じって命も賭ける。

風采の上がらぬ小男が、信長との出会いを面白がられ、とかく人の嗤い者になってきたが、もしかしたら逸物ではないかとさえ思う。

その藤吉郎が嫁を取ることになった。これまでも風体の冴えぬ割に女好きで、清洲の女郎屋に通いづめだ。それに松下加兵衛の所にいた頃、女と暮らしていたともいう。

それはともかく、今度の女の名はねね、杉原定利の娘だが、その後足軽弓頭の浅野長勝の養女になった。親の用意した縁組みではなく、清洲の町中で知った藤吉郎の掌《て》の中に落ちたようだ。

「前田殿、お願いしたい」

と利家の前に手をついたのは十日程前だった。何事じゃと訊くと、なんと女の話ではないか。

「ほう、それで嫁にしたいと」

女癖の悪いことは清洲でも評判である。それが手をついて頼むのだ。

「したが女子《おなご》の親は承知かの」

藤吉郎は一寸口ごもりながら答えた。

「ま、承知させましたんで」

「それはよかった。それでわしになんとじゃ」

「むさい長屋ではありますが、ここは隣人の誼《よしみ》で祝言の仲人を」

「なんと、わしが仲人じゃと」

仲人などやったことはないが、長屋の誼、藤吉郎のためにならねばと、部屋の掃除から小道具を買い揃えることまでした。

すると祝言の夕、破れ戸を開いて一人の客人が入ってきた。

「柴田様――」

藤吉郎は仰天した。まさかこんな小者の伏屋に、柴田勝家を賓客に迎えようとは思わなかった。

尾張愛知郡生まれの勝家は、初め信長の弟信行付きで、織田家の相続をめぐって信長と争ったが敗北。後、信長に服して桶狭間・森部合戦に従軍、その剛勇を評価された人物である。このとき勝家四十歳。

そんな上司がきてくれたのだ。二十五歳の藤吉郎は感激した。二間だけの莚《むしろ》敷きの長屋祝言――ここで会した三人が、二十二年後、賤ヶ岳《しずがだけ》と越前北ノ庄攻防戦で、三つ巴に敵対するという運命の皮肉が待っていようとは、神ならぬ身の知るよしもない。

利家はこのことを、実はまつに話していなかった。忘れていたというより、貧しい同僚の祝言を話の種にしたくなかったのだ。それに仲人といっても、まつ抜きでやったことでもある。

「それでねね殿はどうじゃった」

「とても愛想のいい方で、幸のことを」

「そうか。ま、忠実《まめ》な女《ひと》ゆえ、藤吉郎にはいい女房であろう」

「ということは、お前様もご存知で」

「いや、よくは知らぬ。したが噂によると前から仲良うしとったらしいぞ」

「仲良うねえ……」

まつは小首を傾《かし》げた。

「気になるか?」

「いいえ、別に。仲のいいことはよいことですもの」

「そうじゃのう」

ところがそれからひと月もすると、路地でこんなことが囁かれ、まつの耳にも入ってきた。

「あの二人はいろいろと噂があったようじゃ。なんでも新川で裾まくりして戯れとったり、寺の境内の隅で重なり合うとるところを何べんも見られとったでね。それにこの長屋へも夜になると、こっそり寝にきていたそうや」

「まあ、よう似た者同士やないか。背の低いところや、口数の多いところ、それにせかせかと歩くところもな」

聞いていると、どうも藤吉郎夫婦のことらしい。そういえば利家が、二人は前から仲良うしとったと言ったが、そういうことだったのかと初めてわかった。つまり藤吉郎夫婦は、既に野合《やごう》だったということだ。

軋《きし》みながら戸が開いた。見るとねねが籠いっぱいの青菜を持って入ってきた。このところ野菜など買ったことがない。ねねが差し入れてくれるからだ。それもみなねねの手作りだという。有難いというより、四季折々のものに感心させられるばかりだ。

「お上手ねえ、ねねさんは」

「こんな百姓なんてもんは、誰にでもできることです。畠さえありゃ、後は体を動かすだけで、ホホホ」

　とねねは得意だ。

「畠は、どこにあるのです」

「長屋の裏、空地やから畠にしてしまいますのさ。土さえあればすぐ畠になりますよ。よかったらやってみませんか」

　ねねの目が輝いてきた。すると登志が手を振った。

「いけませんか。ああ、こりゃ前田様の奥方に出過ぎたことを言うてしもうて」

　ねねはしおらしくなった。

「実は姫様、おめでたなのです」

「おめでた?」

　利発なねねが目を剝いた。

「ご懐妊です。お二人目ですよ」

子のないねねには、女の体がわかっていない。

それから年が明けて永禄五年（一五六二）の一月十二日、まつは待望の男児をあげた。

利家の喜びようは一通りでなく、路地を小躍りして歩いたくらいだ。

ところでお七夜の前日、夫婦が初めて一悶着した。赤児の命名である。

「よいな、この子にはどんなことがあっても『犬千代』とだけは言わせぬぞ」

利家の頑なな主張である。

「犬千代がなぜいけませぬ。可愛い幼名ではありませぬか。お前様は前田分家の祖になる方、家祖の幼名は代々受け継ぐもの、ですからこの子も犬千代です」

「そなたにはわかるまい。犬呼ばわりされてきたわしの心が——もう動物の名は沢山じゃ。それでどうじゃ、正月の正で正千代、いい名ではないか、これぞ正《まさ》しくわれらが嫡男の名じゃ」

利家はそう言って一人合点し、荒子の城にも伝えようとした。それをまつは頑なに制した。

「正千代はいい名ですが、もう一度ご思案下され。犬に滅法こだわられますが、いずれ元服するのです。お前様が立派であれば、その子の名にも光が出ます。犬千代にこだわるのはお前様一代になされませ」

利家は一本参ったと思った。確かにまつの言は当たっていよう。その名が光るか光らないかは男になってからである。名のせいではないだろう。

現に猿と言われた藤吉郎も、今では足軽大将、面と向かって猿呼ばわりする者はいなくなった。

「わかったぞ。そなたの言うように、この子にわしの幼名を譲ろう」

「ご嫡男とはお見事、おめでとうございます」

と大声で祝いのことばを述べにきたのは藤吉郎夫婦である。

お七夜が済んで、柱に命名「犬千代」の墨書が下がっている。

「ほう、お父上と同じ名ですかい。羨ましいことで」

その傍でねねが一寸溜息をついた。

「わしの所は、どんなに精を出して種を蒔《ま》いても、こっちの畠が悪いらしく、さっぱり根がつきよりませんわ」

「悪い畠で済んまへんなあ」

横でねねが口を尖らせた。びっくりしたのはまつである。

「なんということをおっしゃいます。ねねさんは畠作りの名人ですよ」

「ハハハハ」

と哄笑《こうしよう》したのは藤吉郎である。

「奥方様よ、わしの言う畠とはの、その畠じゃのうて、ここのことですわい」

と藤吉郎はにやにやしながらねねの下腹部を指した。

「まあ、わたしのことをよくも揶揄《からこ》うて、覚えていなされ」

目尻を吊りあげるねねに、

「ああ、怖《こわ》や怖や」

と藤吉郎は敷居を飛んで出ていった。

第三章 ❖ 荒子城主

(一)

清流、長良《ながら》が麓を洗う稲葉山城は、典雅な風景と斎藤道三《さいとうどうさん》の名をもって、「天下を制する」と言わしめている牙城である。

そうした美濃の拠点、稲葉山城攻略こそ、信長の「桶狭間の戦さ」に次いで、天下を狙う第二の標的である。

そのために斎藤道三の娘を娶って誼《よしみ》を通じ、美濃と尾張の国境に墨俣《すのまた》城を築き、永禄六年(一五六三)には美濃への前哨基地として、居城を清洲から小牧山《こまきやま》へと移した。

道三亡き後、義龍の代になり再三挑戦しても歯が立たず、それをようよう征服したのは、道三の孫の龍興のときで永禄十年(一五六七)、尾張統一から実に八年がかりである。

その稲葉山城攻略の勲功第一が、なんと清洲長屋時代の隣人、木下藤吉郎だったのだ。

永禄十年八月初め、一万二千の兵をもって稲葉山城下を囲むと、町の一角から火の手が上がった。

　すると火は西風に乗ってたちまちのうちに燃えさかり、城下の人々を慌てさせた。しかも火は一ヶ所どころではない。

　そちこちから放たれたため、家財道具を載せた車や、背に荷を負うた人々が雪崩《なだれ》のように動きだした。しかし行く先々で走路を塞がれ、炎の中にのまれていく。まさに阿鼻叫喚の地獄である。

　火は更にめぼしい神社仏閣を焼き、稲葉山の山容さえ隠した。そして火がおさまる頃には、稲葉山城が丸裸になってしまった。

　そうした火攻めの後、一万二千の軍勢が、熱い余燼を踏んで動きだした。利家もその中に混じっていた。

　稲葉山の中腹辺りまで登ると、上の方から喚声がした。いよいよ交戦とばかり身構えたが、喚声はほどなく止み、後は妙に静かになった。

　おかしいと物見が走ると、やがて樹間越しに白旗の振られるのが見られた。

「おーっ」

　とこちらは一斉に喊声《かんせい》をあげたが、あまりの呆気なさに驚いた。山上の交戦もなく、敵は城に火を点けてあるいは討ち死に、あるいは逃げ散ってしまったようだ。

その訳が後でわかった。というのは、山麓の一角、達目洞《だちぼくどう》の抜け道をよじ登り、裏からこっそり城に潜入、米蔵に火を点《つ》けた者がいた。木下藤吉郎である。それどころか、信長に火攻めの策を献じたのも、藤吉郎だったのだ。

（おみそれしたぞ、藤吉郎）

猿呼ばわりされ、小才のきく面白いだけの男とばかり思っていたが、どうしてどうしてそれどころではない。

火攻めといい、敵中潜入といい、稲葉山城攻略の功労者だ。

功労はそればかりではない。稲葉山城攻略の前哨基地となった墨俣城の急造である。

あの佐久間信盛《のぶもり》や柴田勝家さえ手を焼いて途中で撤退してしまった。それをやってのけたのだ。

清洲城修理といい、前線の築城を、どうして彼にはできるのだ。そんな才をどこで仕入れたのか。

その上まだある。美濃不破郡《ふわごおり》の小豪族、竹中半兵衛という二十一歳の若者を口説いて、美濃の切り崩しをやった。即ち西美濃三人衆といわれる氏家卜全《うじいえぼくぜん》（大垣城主）、安藤守就《もりなり》（北方城主）、稲葉一鉄《いなばいってつ》（曽根城主）を寝返らせた。これなくして稲葉山城攻略の成功はなかった。

（彼《あれ》は知恵者じゃ）

今、はっきりとそれがわかった。そんな知恵を、一体どこで学んだのか。子どもの頃から家を出て放浪をくり返していた男だ。書物で学んだ筈はない。

（となると何じゃ）

藤吉郎との接触は清洲長屋の頃だった。ねねとの祝言の仲人をしたこともあって、藤吉郎一家とは親密であり、極めて人間的な付き合いだった。

幸《こう》、犬千代の次に蕭《しょう》が生まれ、育てる方の手が足りない。そこで力になってくれたのがねねだった。つまり利家一家にとって藤吉郎夫婦は有難い存在だったのだ。

そうなるとこちらも折々藤吉郎を呼ばねばならない。そこで戦さのないときは、藤吉郎と向き合って酒を呑んだ。

そういうときの話題提供は専ら藤吉郎だった。

「名は言えんがの、いや、言うてもいいぞ。ああやっぱりやめた」

と藤吉郎は首を少し傾げ、口元から酒を垂らしながら勿体をつける。

「誰のことじゃ」

「うん、これのことじゃ」

藤吉郎は小指を出して卑猥に目を細めた。

「女のことか、おぬしは女に詳しいのう」

「もてぬ者ほど女に詳しいということかの、ワハハ……」

そう言って呑み乾すと手酌で盃を満たす。

「それで誰じゃ」

「うむ、林（通勝）殿《どん》じゃ。林殿の女の後を尾《つ》けたのじゃ」

「あの石部金吉の？　それにしてもおぬしは執拗《しつこい》のう」

「そりゃそうじゃ。人なんてものは面《つら》だけではわからんものよ。こうと思うたら追いかける」

そういう話から始まり、かつて世話になった海東郡の蜂須賀小六《はちすかころく》や、頭陀《ずだ》山城主松下加兵衛のことを持ち出す。

「蜂須賀の親爺の魔羅《まら》のでかいこと、おれあ子どもじゃったけ、びっくり魂消《たまげ》た」

と言うかと思えば、

「加兵衛殿もあれでなかなか助平じゃ。妾を何人も置いとるくせに、女郎屋通いも熱心じゃった」

と下世話なことばかりだ。ところがこんなことも言う。

「橋というものはの、川上から木を樵《き》り、それを組んで下流に流す。そのとき、どの山を何人で樵り出すかじゃ」

とか、

「石垣の積み方はの、まずどこから石を運ぶかじゃ」

と実によく知っている。それに城の縄張りの仕方まで面白おかしく語り出す。そして最後は、

「したがの、人を動かすというのはやっぱりこれじゃよ、これじゃよ」

と人差し指と親指を丸くして笑う。

そういえば墨俣の一夜城の人夫は、蜂須賀小六の手の者だった。

覚えのある藤吉郎は、大見得を切って信長に進言した。その藤吉郎を信用して、信長は大枚を藤吉郎に渡したろう。そして急造の墨俣城が出来上った。

（大した実学じゃ）

利家の知らぬことを、藤吉郎はよく知っている。荒子の城でぬくぬくと育っていた頃、藤吉郎は地べたを這い、小六や加兵衛の所で実学をやっていたのだ。

（計略家――）

の文字が頭に浮かんだ。実直・律儀を絵に画《か》いたような利家に対して、いわば裏で仕掛けの筋書きを書く男。

それにまだある。どちらかというと口の重い利家に対して、滑るように弾《はじ》くように饒舌《しゃべ》る口の軽さだ。

「忠兵衛どんは末成《うらな》りじゃ。畠を仕舞いに行くとの、まくった蔓の先に着いとる実じゃよ。ハハハ……」

とそこは百姓の出、胡瓜じゃ茄子じゃと人の比喩が面白い。聞いていて腹も立たず、なるほどと思わせる。そこで早速、

「殿はどうじゃ」

と水を向けたが、どんなに酔っていても、信長のことは口にしない。それと、戦さ話もしない。

（酔った振りして覚《さ》めているのか）

座興を盛りあげ、人を楽しませながら、自身は決して酔うことなく、相手の品定めをしていたようだ。人誑《ひとたら》しの典型である。

するとある日、

「雉子《きじ》はの――」

と言い出した。「犬・猿」につづいて「雉子」と呼ばれて面白がられた佐々《さつさ》成政《なりまさ》のことである。

「お成政はどうじゃ」

こちらが勢い込むようにしてのり出すと、

「うーむ、昔から『雉子も鳴かずば撃たれまい』と言うではないか。成政殿はやっぱり雉子じゃのう」

と言うではないか。慧眼《けいがん》というか実によく人を見ている。

（二）

「雉子」こと佐々成政は、尾張春日井《かすがい》郡比良《ひら》城主佐々盛政《もりまさ》の子である。天文五年（一五三六）の生まれで利家より二つ、藤吉郎より一つ上という、いわば同い年のようなものだ。

成政と利家の出自は似ており、信長の小姓に上がった時期もほぼ同じである。背は低いが眉太く、子どもの頃から厳《いか》つい感じだ。利家は子どもの頃から、この成政から随分とからかわれたものだ。二歳上をいいことにして、信長の那古野《なごや》時

代、午餉《ひるげ》になると、

「おーい、犬う。餌じゃ餌じゃ」

と面白がられた。

「餌などとは言わないで下され」

不満をあらわにすると、

「じゃって若殿の言う通りのことを言うてどこが悪い」

と更に犬千代の心を嬲《なぶ》る。

そんなことは序の口で、外へ出れば犬と一緒に走らされたり、野犬に出会えば一緒に組めとまで言われた。それで卑屈にならぬ方がおかしく、成政に喰ってかかるか、荒子の父に愚痴ろうかと何度も思った。それを、

「我慢なされ、いずれ若は元服なさるのです。比良の若を見返すときが必ずまいりますから」

と宥《なだ》めてくれるのは平蔵である。

性来短気で野放図な成政をのぼせあがらせたのは、二十五歳で比良城主となったことだ。

成政は三男で、上に二人の兄がいた。長兄隼人正《はやとのしょう》成吉《なりよし》と次兄孫助成経《なりつね》である。

二人は、信長の父信秀が三河の小豆坂《あずきざか》で今川勢と戦ったとき奮闘、「小豆坂七本槍」の中に数えられたほどである。

ところが次兄孫助が、弘治二年（一五五六）夏の信長対信行（弟）の稲生原《いなおばら》合戦で戦死した。

それにまた長兄隼人正が永禄三年（一五六〇）の桶狭間の戦いで討死にした。

そんなことから三男でありながら、思わぬ家督相続の運がめぐってきた。そして比良城主となり、信長の馬廻《うままわり》衆となった。

馬廻衆とは主君の側近にあって警護をする騎馬武者で、体力才知ともにすぐれた士をもって編成される。

稲生原合戦、桶狭間の戦いと、ともに信長にとって死命を賭する戦いに、二人を犠牲にした佐々家への配慮である。

こうして成政は思いもかけぬ幸運により、同期であった利家に水をあけることとなり、増上慢《ぞうじょうまん》なところがあった。

それから二年後、利家もいよいよ馬廻衆の仲間に入ることになった。

その日清洲城での馬廻衆初見参《げんざん》の登城――といっても侍部屋に行くだけだが、衣服を改めて部屋に入ると、三十人ほどが屯《たむろ》していた。

見知った人々が笑顔で利家を迎えてくれた。そこで手をつき、

「このたび殿のご寛恕《かんじょ》をいただき、先輩方の列に加えさせていただきました。懸命いたしますのでよろしくお引き廻しのほどを」

と口上を述べると、年かさの福富秀勝が、

「待っておったぞ利家、よう我慢したの」

と笑みを湛えて迎えてくれた。温みが伝わって胸にこたえた。

我慢したとは、かの十阿弥成敗事件で追放され、長屋住まいをしていたことだ。しかし、人が思うほど利家には辛くもこたえもしなかった。それより長屋住まいは面白く、藤吉郎と隣人になったことも楽しかった。

それでも日がたってみると、どうして十阿弥を斬ったかと悔やまれる。大事な笄《こうがい》とはいえ、笄は笄に過ぎない。たとえ十阿弥が陰口をきこうと、相手は阿弥、信長に近侍する伽僧《とぎそう》だ。

（殺《や》るほどのことではなかった）

そう思うほど今は大人になっている。

酒が廻ってくると男たちの声が喧《やかま》しくなってきた。

「おう、利家」

「雨も雨、どしゃ降りじゃったからこそうまくいったのじゃ」

「そりゃどっちのことよ」

「どっちじゃと？　きまっておろう、いずれもじゃ」

つまり桶狭間と森部の戦さのことである。

「そんなことが殿の耳に聞こえてみろ、それこそ首と胴が離れるぞ」

男たちの酒の肴は、やはり戦さ話だ。と、

「おう、犬、こっちじゃこっちじゃ」

と声をかけられた。声の主は成政である。

「これは佐々殿」

子どもの頃から丸みのない成政の両頬が、更に張って見えた。

「どこの犬小屋に潜んでいたかと思うていたぞ」

一体どこまで人をからかうつもりだ。そういう奴はそもそも品性が低いのだ。

四年前の自分なら、また刀の柄に手をかけかねない。しかし、十阿弥の一件で身に沁みた。それに妻子のある身だと自分に言い聞かせた。

「成政殿、わしはもう犬ではござらぬ。利家と呼んで下され」

そう言うと利家は黙って徳利の酒を成政の盃に注《つ》いだ。

（三）

それから七年がたっている。

所も清洲から岐阜に変わり、利家は三十歳を越え、信長も三十六歳だ。

昨永禄十一年（一五六八）九月、信長は足利義昭を北陸から迎えて上洛を果たし、翌十月に義昭を将軍の座に据えた。そして今年は伊勢、南近江、河内、摂津の平定にかかった。

「木下殿（藤吉郎）は単身《ひとり》で京におられるそうですね」

まつは三人目の子、蕭《しょう》を抱きながら帰宅した利家を迎えた。

「よう知ってるの」

「はい、今日ねねさんが訪ねてこられました」

「ほう、ねね殿が。達者じゃったか」

「それはもう。それより置き去りにされてしもうたと……」

部屋に入るとむずかる蕭を登志に渡し、利家の袴の紐をほどいた。

「男が戦さに出るというとき、（女房を）置き去りということはなかろう」

「したが戦さではなく、京の将軍館の警備というではありませんか」

「警備というは戦さじゃ。京はまだまだ油断のならぬ所よ」

そう言う利家にまつは黙った。まつがねねから聞かされたことは、京での藤吉郎の女関係である。女郎屋通いは清洲の頃から知っているが、京ではねねの目が届かぬことをいいことに、女を囲っているという噂である。

そのことを確かめて、利家から厳に諫《いさ》めてほしいと言ってきたのだ。

しかし、まつは言いかねた。この利家なら、そんなことは一笑に付してしまうだろう。

それから暫くすると、ねねのことなど忘れるような吉報が飛び込んできた。利家が母衣《ほろ》武者になり、それも赤組の筆頭（隊長）になったというのだ。

母衣とは、もともと戦さの折、騎馬武者が流れ矢を防ぐために、鎧の後ろに背負う袍《ほう》のことである。母衣武者は本陣と前線の間を往来する使者だが、士卒を監察する戦目付《いくさめつけ》という格式のある役職だ。

これは信長が永禄十年（一五六七）に定めたもので、直臣の中から剛毅、沈着、敏捷にして弁舌の立つ者を、黒母衣衆と赤母衣衆それぞれ二十名ずつ選んだ。つまり親衛隊である。

「まあ、お前様が赤母衣衆のお頭《かしら》に」

稲葉山から吹きおろす風を入れながら、蕭をあやしていたまつはびっくりした。

「一時は殿のご勘気を蒙ったお前様が、いつのまにやらそこまで……」

既に三人の子持ちになっているまつは、大柄なせいもあって年齢よりは大人びている。それが童女に返ったような顔つきになった。

「おかしいか」

利家は両脚を投げ出すと胸をはだけた。

「いいえ、おかしいなど。やっぱりお前様は見込まれておられるのです。それでは明日にでも早速祝いの膳を用意しましょう。お魚は何がよろしいですか」

蕭が胸に手を差し込むため、はだけた衿の間《あわい》から、白い乳房の盛りあがりが見える。途端、利家の眼差しが変わった。

「まつ、蕭を登志に渡せ」

「？……」

「蕭を連れていくのじゃ」

所かまわぬ利家の欲情に、今は驚かぬまつである。しかし、昼といわず夜といわず押し倒される性欲に、子どもの数がふえるばかりだ。

暴風のような交合が終わると利家は、

「実は些《いささ》か困っているのじゃよ」

とまつの耳元で囁いた。

「何をですか」

「わしが赤母衣の頭になったはよいが、成政も黒母衣の頭じゃ」

「成政殿といえば比良の佐々様」

「そうじゃ」

「よろしいではありませぬか。お二人お揃いで」

「こちらはよくとも成政は不機嫌であろう」

「なぜです」

「二つ上の先輩じゃ。それにあちらは一国の主、それからみればわしは……」

利家はまつにだけは本音を明かす。

「それでも殿がお決めなされたことでしょう。だったら何も僻《ひが》むことはありませぬ。それよりこれからはお手柄次第ということでしょう。

あの殿はそういうお方ですよ。成政殿のことなどお気になされますな」

一緒になって十一年、九つも年の差のある子どものようなまつだったが、今ではそんな年下とは思えぬことを言う。

（夫婦とはこういうものか）

夫の働きとともに、分別を身につけてくるようだ。それもそのはず、既に三人の子の母なのだ。

そんなまつに本音を吐いたものの、黒母衣衆の雑音が聞こえてくるようだ。

㈣

その年、つまり永禄十二年（一五六九）九月、南伊勢の攻略にのり出した信長が、伊勢の名族北畠具教《とものり》を降して帰ってきた。

岐阜《ぎふ》城は戦勝の篝火《かがりび》を焚き、岐阜城下の商家は軒並み遅くまで賑わった。

それから三日ほどすると、利家は信長から思いがけぬ命令を受けた。長兄の蔵人《くらんど》利久《としひさ》に替わって荒子城主になれというのである。

「なんと？」

耳を疑った。四男の自分が、仮初《かりそめ》にも荒子の城主になろうとは考えたこともなかった。

（殿はなにゆえそんなことを……）

これは親族の問題である。兄にこれという非もないのにそれは難しいことだ。今頃さぞ荒子城は困却しているだろう。

計りかねていると、勝家がやってきた。勝家の鬢にはもう白いものがちらほらしている。

「利家殿」

勝家は息を潜めるようにしてこんなことを言った。蔵人利久には男の実子がない。そこで三弟安勝の娘を養女として、これを利久の後妻が産んだ男子に妻合《めあ》わせ、家督相続をする旨を信長に報告した。すると信長はこれを却下してしまったというのである。

理由は、利久の後妻の産んだ男子が利久の実子でないということだ。後妻は織田家中の滝川儀太夫に嫁していたが、儀太夫の子を孕《みごも》ったまま利久に再嫁した。利久はその美貌に惚れて、承知の上で後妻とした。

その後妻の子と、弟の娘、つまり姪を一緒にすることは、当主利久の一存でよいことだ。

なぜなら前田家は織田家と同格の小豪族で、荒子城二千貫の身代も、織田家から貰ったものではない。だから家督相続について信長に介入される謂《いわ》れはないのだ。

しかし、今や足利義昭を奉じて上洛し、天皇にも謁見し、岐阜城を本拠と定めて天下取りを考えている信長の命を拒むことはできない。

信長としては、血の繋がらない男に家を継がせるより、働きぶりのいい利家を据えろというわけだ。

「……」

「遠慮することではないぞ。話は尤もなこと、殿のご命令じゃ、異存はないな」

勝家は念を押した。

願ってもないことだ。しかし、今の今まで兄にとって替ろうとは思いもしなかった。

確かに兄の息子は実子ではない。それを承知で妻とし、その子を後継とすることは兄の愛であろう。そのことに弟が口をさし挟むこともないし、できもしない。だから、前田家の家督を取るなど考えたこともなかった。

しかし、そうなると穏やかにはいくまい。三人の兄を敵にまわすことになりかねない。それをあれこれと考えると喜ぶわけにはいかないのだ。

「気が重いのう。わしはこのままでいいのじゃが」

伸

利家は溜息をついた。

「なんという欲のなさじゃ。戦国の世は親兄弟と争ってまで城取り国取りをやっているではないか。

殿じゃとて、身内をどれだけ謀って滅ぼしてきたことか。そんな時代に、おぬしのようなことを言ってどうなるのじゃ。それにおぬしと対抗する黒母衣の成政はどうじゃ。小城の一つもない犬千代が、衆道の媚で赤母衣の頭になったと言うておろう」

そう言ってから勝家は口が滑ったと思った。

「そんなことを成政が——衆道の媚とは許せんぞ」

利家の顔が紅くなってきた。

「ま、怒るな。人の口というものは何を言うかわからぬ。そんなことを一々気にしていては身が保《も》たんぞ。

それより荒子の城主となることこそ、成政や黒母衣の連中を黙らせることになるのじゃ。

殿を見てみろ。尾張のうつけをどれだけ張ろうと、弾正忠家の息子だから通ったのじゃ。そのうつけが、どんなひどい手段で城を取ろうと、力を付けてしまえば人は黙る。殿がいい見本ではないか」

「うーむ」

利家は勝家の饒舌に惹かれていく。

「よいな、肚《はら》をくれ。殿がそうお考えになったのは、おぬしのことを考えてのこと、いわば千載一遇の機会《おり》じゃ。おぬしが荒子の当主になることは、これからのおぬしの人生にとって大きな転機となろう。

女々しいことを思うでない。今がどんな時代かを考えろ。明日にでも荒子へ出向いて、これを利久殿に渡すことじゃ」

勝家はそう言うと信長の書状を手渡して出ていった。

勝家の一方的な熱弁に押し切られた感じである。寝転んで天井を仰ぐと荒子の頃が思い出される。

四男だったためか、父も母も利家には寛大だった。そのせいか、どこでどんな遊びをしようと小言がなかった。

日が暮れて、村童たちと川辺の葭原《よしはら》で戯れて帰ろうと案ずる者はない。ただいつも大門の所に立って待っていたのは平蔵だった。

だから、利家の少年時代の記憶は利春ではなく平蔵である。その親も平蔵も今は亡い。

（わしが荒子城を乗っ取ったら――）

父利春はどう言うだろう。そして平蔵はどう思うだろう。そんなことを考える。

そして次に脳裏に浮かんだのは佐々成政だった。

犬呼ばわりした理由は何だ。わしを扱き下《こお》ろす訳は何だ。出自か、それとも器量か。

わしがおぬしのように赤母衣の頭になったことがそんなに気に喰わぬか。

（小城の一つもない癖に）

そう言ったことばも耳にこびりついている。

（馬鹿にするな！）

次に勝家の顔が浮かんできた。四十半ばを過ぎた勝家の、鬢の白髪がやけに目に残った。

あの勝家が、そこまで熱弁をふるうのはなぜだ。

（もしかしたら）

そのとき脳裏を掠めたのは、荒子の城取りを、勝家の方から信長に仕掛けたのではなかろうかということだ。もしかしたら、赤母衣の頭《かしら》になった利家に対する成政の雑言を塞ぐためのものであったら……。

（勝家殿――）

男の情というか、温みがひたひたと利家の胸に伝わってきた。

明くる日、意を決した利家は、数人の供を連れて久しぶりに荒子城の大門をくぐった。既にこのことは伝わっていたらしく、城の中は森閑としていた。

現われたのは家老職の奥村永福《ながとみ》であった。まだ十八歳の若さである。その若さで永福は、

「確かに岐阜の方からはお指図がありましたが、利久殿のご直筆の譲り状がなければ、ここを明け渡すわけには参りませぬ」

と言い切った。こんなこともあろうと、利家は前もって前田利久の岐阜屋敷に赴いた。利久は結局利家の前に現われなかったが、譲り状は認《したた》めてくれた。

その譲り状を見せると、

「ああ、これは確かに殿の」

と永福は目を瞬《しばたた》いた。その顔に無念の表情が浮かんでいる。それから奥に案内されたが、どの部屋もどの部屋もきれいに片付き、廊下も塵一つない清潔さである。

（こんなに若い家老が）

信長からの命令に、永福と家人たちは最後の夜をここで過したのであろう。その後、家人を指図して城中の隅々まで掃き清めたようだ。

(兄上はいい家老を持ったものだ)

ところが後でわかったことだが、この城明け渡しについては、永福のように潔い人ばかりではなかった。

利久の妻の狂乱である。日頃岐阜城下の屋敷にいた利久夫妻だが、信長の命に妻の方が逆上した。

「うつけとは聞いていたが、こんなうつけがどこにあろう。前田の城主を追い出して四男の利家に替われとはあまりな。ここにいてはなりませぬ。早く荒子の城に戻りましょう」

と供を急《せ》かせて荒子へ戻った。しかし利久は今更未練がましいことはできぬと動かなかった。そして神妙に信長の命に従い、利家への譲り状を書いた。

利久は、利家が己が利欲で信長を動かしたものではないということを知っていたからだ。妻の産んだ利太《とします》を実子同様に育てはしたが、利家に譲ることに格別の抵抗はなかった。

前田家の五人の兄弟の中で、武勇に優れ、信長のために一番働いてきたのは利家である。その利家に、荒子の城を託すことは前田のためにもなるだろう。この期に及んで兄弟争いだけは避けねばならない。これが利久の分別だった。

ところが荒子へ戻った妻は大狂乱を演じた。

「あの利家に替わられるとは無念じゃ」

と鬼相になって衝立《ついたて》から屏風、そのほか諸道具を手当り次第に投げつけながら、

「これを使う者の足よ萎《な》え。業病にとりつかれよ」

と呪いのことばを発し、近習はびっくりして、

「奥方様、お静まりを。お静まりを」

とその腕を取った。

利久の心を射止めた美形が、髪振り乱す形相に、近習たちは女心の凄まじさを見せつけられた。

「そうか、あの義姉《あね》上が」

利家は黙ってそれを呑み込んだ。

それが本音であろう。それにしても、利久はよく分別してくれたものだ。

これが逆の立場だったらどうだろう。自分は兄のように素直に処せるだろうか。

それにまつはどうだ。義姉《あね》のようにやっぱり乱れるのだろうか。

そんな複雑な思いを秘めた荒子入城であった。

こうして永禄十二年（一五六九）秋、三十二歳の前田又左衛門利家は、二千四百貫を領する荒子城主となった。

第四章

❖

槍と鉄砲

(一)

荒子城の板敷きの広間は五十人ばかりの男の熱気でむせ返っている。織田越前守、飯尾信宗、福富秀勝、原田直政、猪子《いのこ》一時《かずとき》等々、赤母衣衆十数人が居流れ、ほか目立ったところでは柴田勝家、佐久間信盛、森可成《よしなり》、村井長八郎らが、城主となった利家を上座に、小ぢんまりとした祝宴を張っている。

酒宴半ば、どの顔も紅潮し、とろんとした目つきから、反対に爛々と目玉を光らせている者もある。若い者は、口角泡をとばし、酒気を吐いて戦さ話や噂話に興じている。

「ともかく目出たい。利家殿が荒子の惣領になったのじゃから。こう言うてはなんじゃが、これまで荒子の当主（利久）の武勇などとんと聞いたことがないわな。それから言えばなんというても利家殿じゃ。なにしろ『槍の又左』を張っておるからのう」

「そうじゃ、そうじゃ。荒子では蔵人《くらんど》（利久）のみか、お次の二人も冴えぬわ。これは四男とはいえ、利家殿の実力じゃ」

「そうそう、実力でいかねばのう」

「でなければ道三の孫、龍興（稲葉山城主）のようになるがよ」

「ま、世が世なれば駿府《すんぷ》の今川じゃったが、その今川も今は見る影もないわ」

と桶狭間の戦いと稲葉山城攻略が話題になっている。

「それにしても蔵人のことは言うてくれるな」

利家は酒気を帯びながら窘《たしな》めた。皆の言うことに異議はないが、どうも兄利久を酒の肴にされるのは心苦しい。すると、

「こんなめでたか時に、黒母衣の奴らはどうしたい」

と原田直政が喚いた。

「おお、そうじゃ成政奴《め》はどこにいる。付き合いの悪い奴よの。じゃから黒母衣の奴輩《やつばら》も遠慮したのか、なんということじゃ」

とそれにつづいた。すると勝家が目敏く一人の女をとらえた。

「その隅に座っておるのは藤吉郎の嫁御ではないか、もそっと近う近う」

と声をあげた。

「なんじゃと、女が入ってきちょるとか」

「今、権六《ごんろく》殿（勝家）はなんと言うた」

「藤吉郎の嫁御じゃと言うた」

飯尾信宗が盃を手にじろりと後ろを見やると、満座の隅に、なんと女が一人混じっているではないか。

「おーっ、藤吉郎の嫁殿か、こういうときに嫁殿とはどういうことじゃ」

今日のねねは野良着から町着に着替え、髪も鬢付けをしてきたらしく黒々と光っている。そのねねが腰をあげると、

「木下藤吉郎が只今京におりますよって、嫁のわたしが藤吉郎の代わりにお祝いに上がらせてもろうています」

とはきと言い放った。

「ほう、これは立派じゃねえか、成政や黒母衣衆が欠席じゃというとき、京にいる藤吉郎の嫁殿が代わってきてくれたとは。こりゃ立派じゃ、のう皆の衆」

「そうじゃ、そうじゃ。これ嫁殿、こっちへきて、ついでに酌でもしてもらえんかの」

言われてねねは機嫌よく、

「はい、はい」

と徳利を持って男座の中に入っていった。

その夜酒座がはねて、利家が帰ってきた。夜もかなり更《ふ》けている。

「お戻りなされませ」

その顔が紅潮している。

「随分と召し上がられたようですね」

足許がふらついている。まつはふらついている利家の肩衣《かたぎぬ》をはずし、袴の紐をゆるめながら訊いた。

「何人お集まりでしたか」

「赤母衣《み》皆んなに、ほか三十人もきてくれたかの。したが黒母衣は一人もこなんだぞ」

「それは仕方ありませぬ」

「そうかな。その代わり、珍しい人が一人やってきた」

「珍しいお人？」

「誰じゃと思う」

「さあ……わかりませぬ」

「それが女子じゃ」

「まあ、誰でしょう。まさか殿のお馴染みでは？」

「ワハハ……わしはこれでもそなた一本じゃ。ほかに女子など持とうか」

「それなら嬉しい」

「そなたのよう知ってる嫁御じゃ」

利家が面白がっている。

「わたしの知ってる……となると――」

どう考えても思いつかない。

「ねね殿じゃよ。藤吉郎の嬶《かか》殿がきてくれた」

「まあ、ねねさんが」

「律儀というか、よう気がつくのう」

「ほんとに、懐かしいこと」

「そこでじゃ」

利家はあの後、こっそりねねから頼まれごとをされたのである。というのは結婚して八年、いまだに子に恵まれぬねねは養子を考えたいと言うのだ。そこで持ち出してきたのが利家・まつの子である。そのときのやりとりはこうだった。

「したがねね殿、何もわしの所からでなくとも、藤吉郎殿やねね殿の兄姉衆がおられよう。血筋からいうとそっちの方でなくてはなりませぬぞ」

するとねねは首を振った。

「藤吉郎の姉さんの子は貰えません。それに妹の子言うてもね……」

ねねはその先を黙った。猿呼ばわりされた藤吉郎にはやれぬと言われたのだ。

「わたしに子が出来ないのがいかんのですわ。そんなわたしらの所には兄妹でも相手になってくれません」

あのねねがしんみりと淋しそうだ。

（それでわしの所へきたのか）

肩を落として徳利の手も上がらぬ姿が利家には哀れに映った。

「そうか、まあうちのまつはよう産みよるでのう。それでどの子がいいのじゃ」

そう言ってしまってから利家は内心慌てた。まつの心を訊きもしないで、勝手に猫の子をやるようなわけにはいかない。

するとねねはまた首を振った。

「又左様の今のお子を戴きたいとは申しません。次にお生まれになるお子を頂戴できたらと」

「なるほど、そういうことか。となると男とは限らぬぞ。まつの腹はどうも女腹《めばら》らしく娘ばかり産みよる」

「和郎《おのこ》でも女《めのこ》の子でもいいのです。大事に大事にお育てします。それにもし和郎《おのこ》じゃったら、いつの日かお返ししてもいいと思います」

覚悟の上の頼みである。

「わかった。まつに相談してみよう」

ということなのだ。

しかし、まつはやっぱり直ぐには返事はできなかった。三人の子を産んだといっても、どの子も可愛く到底人にやれるものではない。黙るまつに、

「どうじゃろ、幸《こう》は。清洲にいた頃、幸はねね殿の世話になっておったからのう。ねね殿も幸も違和感がないと思うが」

利家はのぞくようにした。しかしまつは顔を背《そむ》けた。

長女幸はもう十一歳になっている。弟妹の面倒もよくみてくれる娘だ。それにしてもまつは十二歳で利家の妻になった。ということは来年あたり、この娘を人妻として送り出さなくてはならないことになるだろう。それを思うととても養女になど出せるものではない。

「やれませんね」

まつはきっぱりと言い切った。

「そうか、では蕭《しょう》はどうかの」

まだ乳房を求める蕭を、これまた手放すことはできない。

「いかにねねさんでも、やっぱり子らはやれませぬ」

声が少し震えた。これ以上利家が強要するなら、身体を張ってでも抵抗しなければと思うまつである。

「男親はやっぱりいかんのう」

「そうです。一人たりとも子を失うことはできませぬ」

そのときゆくりなくも母のことを想った。二人の夫に死なれ、娘の前途を案じた母は、四歳のまつを手放したのだ。

荒子城に置き去りにされてから、まつはそんな母を怨みつづけた。

しかし、今となってみると、母の悲しみと辛さがよくわかる。まつ以上に母が苦しんだことを。

思わず涙がこみあげたのは母のことである。びっくりしたのは利家だ。

「まつよ、泣いてくれるな。何もわしは約束してきたわけではないぞ。ただねね殿がそんなことを言うたまでのことじゃ」

わかっている。わかっているが、あのねねから請われたからは、いつの日かそんなことになるかもしれぬという予感にまた泣けるのだ。

㈡

荒子城で利家が祝宴を張っていた頃、佐々成政は前野小兵衛と近江今浜《いまはま》（長浜《ながはま》）で宿を取っていた。

中位《ちゆうくらい》の宿だが、上敷きが敷いてあり、壁も障子も汚れてはいない。湖風《うみ》を入れていたが、小女《こおんな》が燭《しよく》に火を点じにきたため、障子戸を閉めた。すると急に部屋が暗くなり、燭の灯が仄明るく部屋を浮かび上がらせた。

そこへ夕食の膳が二つ運ばれ、銚子が二本ずつ置かれた。

「おう、鮎じゃ、こりゃどこの鮎かの」

「湖《うみ》のものじゃろ」

「いや、もしかしたら姉川《あねがわ》か草野川か」

「じゃ、ま、一つ」

と前野小兵衛が成政の盃を満たした。

「おう、それでは」

成政も小兵衛に酒を注《つ》ぐと、二人は顔を見合って相槌を打った。年かさの小兵衛が成政に一歩引くのは、出自のことより、性格であろう。

「これで殿の所には何挺《ちょう》になるかの」

「七、八百、いや千挺にはなるじゃろ」

「いや、それぐらいではなかろ」

「京に上った折、殿は直々堺《さかい》に行かれるでのう」

「うむ、するってえと二千挺か」

「それくらいにはなろう」

話題は鉄砲のことである。鉄砲に早くから注目したのは信長である。天文十二年（一五四三）の種子島《たねがしま》鉄砲伝来からわずか五年後、信長は十五歳で橋本一巴に早くも鉄砲を習っている。習うのみか、父信秀の死後家督を継ぐと、早速堺まで出かけている。

種子島に伝えられた鉄砲は、九州の島津《しまづ》・大友《おおとも》が直ぐに着目し、その後は紀州根《ね》来《ごろ》寺と堺に伝播した。

堺では後に「鉄砲又」と呼ばれる商人橘屋《たちばなや》又三郎と、根来から移住した芝辻清右衛門が刀工に技術を伝えて鉄砲の製造を行い、一大生産地となった。

信長はそこで鉄砲の調達のみか、織田鉄砲隊の組織づくりを目論《もくろ》んで、主将に成政を任じた。

利家と違い、駆け引きや功利に長《た》け、好奇心旺盛な性格を読んでのことである。とはいっても成政は有頂天になったわけではない。なぜなら「犬・猿」になぞらえられて、「雉子」と言われた綽名《あだな》にこだわっているからだ。それはともかく、信長から、

「堺では遠すぎる。今浜へ行け、国友《くにとも》村の鍛冶《かじ》を口説《くど》け」

と命ぜられた。永禄二年（一五五九）のことである。

国友村とは近江の北（今の長浜市）にあり、国友鍛冶で知られている。その国友鍛冶に、刀鍛冶の腕を生かした鉄砲製造を強請しろというのだ。

そこで二人は国友村に入った。恐らく驚くだろうと思いきや、既に国友では鉄砲伝来は周知のことで、逆にこっちの方が驚いた。

薩摩《さつま》の島津から、鉄砲という珍しい銃器《もの》が持ち込まれ、これと同じものを造らされていたのだ。

当時国友村はまだ従来の刀鍛冶で、島津から持ち込まれたものに鍛冶師たちは目を丸くした。

「なんじゃこれは」

早速銃身をはずして暫く見つめていたが、

「なんとかやってみましょう」

と思いのほか意欲をみせた。それは島津からの依頼だからではなく、新しい兵器への驚きと挑戦である。南蛮物を造ってみせるという意欲である。

それから鍛冶師たちが仕上げるのにさほど時間はかからなかった。銃身となる瓦《かわら》金《がね》は、刀にするものと同じ鍛えならした鉄板で、これを真金《しんがね》に巻いて叩き、接合すると一本の筒ができる。これに機関部の金具をつければ鉄砲ができ上がる。日本刀よりはるかに製造は簡単だった。そうして出来上がったのが火縄式銃である。

そんなわけで驚くのは成政たちで国友鍛冶ではない。

「尾張の織田信長殿の使いじゃが」

そう言っても鍛冶師の表情にはなんの動きもない。それもそのはず、その頃の信長は、尾張一国内で動き廻っていただけで、信長の勇名が知れるのは、翌年の桶狭間の戦いまで待たなければならない。

「注文の数は何挺じゃの」

鍛冶師は二人を特別視するわけでもなく、決まり文句のように数を訊いた。

「百挺じゃ」

「そうかい」

鍛冶師はその数にも驚かない。ということは、よその大名もそれくらいの数を注文しているからだろう。

「百挺揃うてから取りになさるかの、それとも十挺ずつ取りにこられるかの」

と訊かれ、十挺ずつということで大方の月日を聞いて鍛冶屋を出てきた。

それから何回尾張と国友村を往復してきたことか。その間、桶狭間の戦いがあり、舅斎藤道三と富田の正徳寺で会見したとき、信長は供の行列に百挺の鉄砲を担がせて道三に示威したものだ。

ところで今回の国友行きの目的は、鉄砲の数を揃えるだけではなく、鉄砲の工夫改良にある。

「のう親爺、殿はこちらの鉄砲をえらく気に入られているのじゃが、発射までにちと手間がかかり過ぎると言われる。もう少し早うならんもんかの、そこのところの工夫じゃ」

この頃の鉄砲は先込式《さきごめ》銃で、銃口から火薬と鉛の玉を銃の底まで押し込め、それから火皿に発火用の火薬を入れて火縄で点火する。すると火は火穴を伝って銃底の火薬を爆発させ、その爆発力で銃弾を飛ばすというものだ。

しかしこれでは一発の弾を撃つにも時間がかかる。それを早くできないかという注文なのだ。すると鍛冶師から、

「数を急《せ》かされる上に、工夫改良と言われてもな、わしらにはその時間もないわ。そんなことを言うなら堺へ行ったがよかろ」

と言われてしまった。これではとりつく島もなく、二人は今浜の宿へ引き返してきたのである。

「もそっと親爺を脅そうかい。それとも銭を奮発するか、その手しかあるまい」

成政は首を傾げながら手酌でぐいぐいとあおる。

「したがの、いくら脅そうと奮発しようと、仕方あるまい。あれだけの数を造るだけで精一杯じゃ。工夫などしている余裕がないわ」

「うーむ」

二人は仕事の現場を見ているだけに、それ以上の要求が無理だとわかっている。

「ま、工夫改良などというものには時間と金が要るもの、そう急かせても無理は通

らぬぞ」

「ならいっそのこと、堺へ行けばよいのじゃ。堺はここは違い、一歩も二歩も進んだ所、わしらもこの際、堺見物もしたいではないか」

成政はそう言うと手を叩いた。すると暫くして戸が開いて女が入ってきた。

「まあまあ、お若い殿御の胃の腑《ふ》の元気なこと、もう平げはりましたか。それでは急いでまた焼きまひょか」

乱れ髪を十筋ほど垂らした女が今宵はやけに艶《なまめ》いて見える。

「幾つじゃの」

「あらあ、お侍さんそんなこと訊かはって」

衿を大きく抜いた女の胸元と項《うなじ》がやけに白い。

「いかんか、年訊いて」

成政の目に欲情が見えている。

「いやあ、かまへんけどな、どうせわてはお侍さんよりはずうっと姉さんでっせ。もっと可愛い女《こ》の方がよろしいやろ」

「そんなことはない。わしの好みは姉さんじゃ」

「またご冗談を。お相手はんお困りのお顔どっせ。それより煮魚どすか、それとも鮎にしはりますか」

そこは客あしらいのうまい女、さっと躱《かわ》して空皿《あきざら》を集めて出ていった。女が出ていくと、暫く二人は無言だった。その耳に虫の声が通ってくる。

「秋じゃのう」

呟くように言ったのは小兵衛である。

「秋じゃから虫が鳴くなど当たり前ではないか」

成政のことばに小兵衛は黙った。

「それよりの、わしは鉄砲で奴を凌いでみせるぞ」

と成政はいきなり言った。

「奴とは？」

小兵衛は目を瞬《しばた》いた。

「わからぬか」

「――」

「犬じゃよ、犬」

「犬？」

「それでわからぬとはおぬしらしゅうないの。利家じゃよ」

「じゃって奴は赤母衣の頭《かしら》になったばかりか、荒子の城主にまでなりおった。それも殿の口利きじゃと言うから頭へくる」

「なんじゃ、そんなことか。おぬしじゃって兄上が早死にされたからお鉢が廻ってきたではないか」

「したが利家は違うぞ。歴とした兄が三人もおるではないか」

「それは働きが違うからじゃ。そこは殿がちゃんと見ておられた。信長という殿はそういうお方じゃ」

「……」

それを言われると返すことばがない。

うつけ、うつけと嗤っていたが、いつのまにやら今川を倒し、稲葉山城を討ち取り、足利義昭を担いで京へ上った信長である。

「それで次の敵は」

と話題が変わった。

「ところがその義昭殿と近頃はうまくいっていないそうじゃ。そうなるとまだまだ……。北陸の朝倉、甲斐の武田、それに越後の上杉もいる。


「利家を何ゆえ?」

じゃから鉄砲の必要があるんじゃ。われらが鉄砲隊を率いるからは、殿の覚えは十分じゃ」

「ハハハ……そうじゃ、そうじゃ、そうじゃのう」

「あんな『槍の又左』など時代遅れよ。槍の穂先など知れたものじゃ。その傍で一発ズドンとやればそれまでじゃ。わしと利家の違いは、言うてみれば槍と鉄砲の差じゃ。小兵衛よう見ておれ」

（いつの日か奴とわしは勝負をする）

合戦の場で、「槍の又左」が成政の一発でもんどり打って倒れる様を瞼に描いた。

「ワハハハ……」

いきなり哄笑が腹の底から噴きあげてきた。

㈢

成政が鉄砲の威力を発揮するときがきたのは明くる年の元亀元年（一五七〇）、越前金ケ崎《かながさき》の陣である。金ケ崎とは敦賀《つるが》の湾《うみ》に面した峨々たる天涯の要地で、越前守護朝倉の支城だ。そこを守るのは朝倉景恒《かげつね》である。

金ヶ崎の陣の発端は、信長が足利将軍の名をもって、諸国の大名へ上洛の召集状を発したのに始まる。召集に応ずる大名は信長に従うこととなり、朝倉義景はこれを拒否した。朝倉の拒否はこれで三度だ。

そこで信長は四月二十日岐阜を発《た》った。総勢三万、従うは柴田・丹羽・佐久間・森のほかに利家・藤吉郎・成政・明智光秀《あけちみつひで》が加わった。

進路は若狭《わかさ》から入り、敦賀の手筒《てづつ》山城を難なく陥《おと》し、金ヶ崎城に迫った。すると城将朝倉景恒は一戦も交えることなく、城兵を連れて朝倉の本拠、越前の一乗谷《いちじょうだに》へ逃げ去った。

そこで大いに気勢を上げた織田軍は、ここぞとばかり一乗谷に攻めのぼろうとしたとき、近江の浅井長政《あさいながまさ》軍の北上を知らされた。

「まさか！」

織田軍は色を失った。江北の雄、浅井長政とは、信長が妹お市を政略結婚させた相手である。その妹婿が、信長を討つべく北上してくるという。

しかしこれには訳がある。信長がお市を長政に嫁《おく》るにあたり、浅井と盟約のある朝倉討ちはやらないという約束を交わしていた。その約束を何の報《しら》せも断りもなしに破った信長を、長政はたとえ妻の兄とはいえ容赦しなかった。

「これでは挟み討ちになるぞ——」

難なく若狭から敦賀を経て北上せんとしたものの、さしもの信長も退却せざるを得なくなった。

すると木ノ芽峠を下りた所で、

「殿、私奴が殿軍《しんがり》を務めまする」

と申し出た男がいる。藤吉郎である。

信長は馬上から、ふり仰いでいる小男の藤吉郎を見下ろした。

「うむ」

信長は呟いたものの迷った。しかし、どの男に命じても、失うことははっきりしている。となると、申し出た藤吉郎に命ずるしかないだろう。

「藤吉郎に三百騎と鉄砲五十挺を与えよ」

そして夜を待って信長は若狭路を西へ、美浜から間道をとり、京北をめざして朽《くつ》木《き》越えにかかった。このとき従う者十騎ばかり。

成政は、鉄砲隊選り抜きを四名、信長の前後左右に付けると、夜陰に目を光らせながら疾駆する信長に従った。

そうしてどうやら朽木谷を越えると、信長は思い出したように言った。

「成政、藤吉郎に加勢してやれ」

成政は一瞬唖然とした。まさかそんなことを命ぜられるとは思わなかった。

そこでやむなく美浜辺りまで戻ってくると、案の定、藤吉郎軍はじりじりと後退している。野面に伏す死体や、手負いの兵も多く、まさに死地に追いつめられている状態である。

「藤吉郎、佐々が戻ったゆえ安心せい」

一喝すると成政は、鉄砲隊二十数名の一斉射撃を始めた。命中の程はわからないが、辺りに谺する轟音に、朝倉勢は立ち往生した。

「さあ、今のうちじゃ」

藤吉郎は命からがら手勢とともに若狭路を西へ走った。

後年、「金ヶ崎の退《の》き口」として知られる撤退戦で、殿軍を務めた藤吉郎は大いに面目をほどこしたが、これは成政の鉄砲隊の掩護なくして藤吉郎の生存はなかった。

岐阜に戻った信長は、金ヶ崎の退却に忸怩《じくじ》たるものを覚えながらも、

「佐々鉄砲隊の比類なき働きであった」

と大いに成政を賞賛した。

「そりゃお前、藤吉郎がいくら殿軍をやると言うても、わしらの鉄砲のお陰で命を拾うたのよ。わしらが行かなんだら、今頃美浜あたりで屍をさらしておるわ。

　こういうときには、刀や槍など役にはたたぬ。まして刀の捌きも知らぬ藤吉郎に何ができる。

奴はああしたとき、身の程も考えずにしゃしゃり出るのじゃ。知らぬ者ほどああしたことを言う」

　大いに面目をほどこした成政は、藤吉郎を扱《こ》き下ろしにかかる。

　比良城主の成政からみれば、水呑み百姓の小伜が、奇妙な演技をやってのけ、信長の心を掴んで順当に出世していくのが面白くない。

　あの金ヶ崎の陣で進退窮まったとき、即座にあんなことを言ってのける藤吉郎だ。何の勝算もなしに、急場に躍り出て人心を掴もうという計算である。

（嫌な奴よなあ）

　信長が戻って助けよと言ったから戻らざるを得なかったが、そんなことを言われなければ放置した。

　褒められたわりに冴えぬ顔の成政に、

「こりゃあ、やっぱり成政殿じゃ。鉄砲とは大したものでござるのう」

そう言って近づいてきたのは利家である。

「おお、利家殿、おぬしも殿と一緒に朽木谷を逃げたようじゃが、逃げ心地はどうじゃった」

成政の毒舌はいやらしい。

「いやあ、生きた心地もなかったわ。いつどこから浅井の兵に躍り込まれるかと。したがおぬしの鉄砲隊が、殿の前後左右を固めてくれたゆえ、殿もどうやら切り抜けられた」

そう言われると満更でもない。

「それで藤吉郎殿はどうじゃった」

利家はその方が訊きたい。

「敦賀の手前まできてみたら、もう朝倉勢の旗の波じゃ。大体ああいうときは、戦さを知らぬ者が殿軍をなどと言うものではないぞ。そりゃあ野犬に追われる鶏のようなものじゃった。

バッタバッタキリキリと踠《もが》いてよ、あっというまに倒れていく。全く戦さにならんのよ。

そこへわしらが一斉にぶっ放す。その音の響きに、朝倉勢は立ち竦むだけさ。愉

伸

快というか面白いというか、それで藤吉郎は九死に一生を得たというわけじゃ。ハハハ……」

慢心をちらつかせて面白おかしく話す成政である。自慢話が一息つくと、

「のう利家殿、槍と鉄砲とではどっちが勝ちじゃ」

ニヤリと利家の顔をのぞいた。

「そうじゃのう、槍でなければならぬときもあろうし、鉄砲でなければならぬときもある」

「ほう、それでは答えになっておらんぞ。わしはどっちが勝ちじゃと訊いておる」

「つまり一概に言えぬということじゃ」

すると成政はあの目玉をギョロリと剝《む》いて、

「ということは、おぬし負け惜しみを言うているのではないか」

と笑った。

「いや、負け惜しみなど心外じゃ。武器というものは、それぞれの場面での使いようがあると言いたいだけじゃ」

「それが負け惜しみというのじゃ」

成政は吐き捨てるように言った。

「利家、いつかわしとおぬしが、戦場で槍と鉄砲の雌雄を決しようではないか」

捨て台詞《ぜりふ》を残して、成政は利家の側から離れていった。

(四)

妹婿浅井長政から背後を突かれ、命からがら京に逃げ帰り、岐阜に戻った信長は、六月十九日浅井討伐に向かった。

そして、二十八日早朝、北近江の姉川《あねがわ》を挟んで織田・徳川連合軍二万九千が、浅井・朝倉一万八千と開戦、激闘数刻（半日）の末、朝倉軍の後退、そして浅井軍は小谷《おだに》城に敗走という戦果をあげた。

こうして信長が越前や北近江に関わっている間に、京の様相が変わってきた。阿《あ》波《わ》に敗走していた三好《みよし》三人衆が京に侵入してきた。

それればかりか、将軍義昭が、「信長打倒」の御教書を甲斐の武田、越後の上杉に送り、これに呼応して、浅井・朝倉が緊密な連携をとって動きはじめたのである。

その上、大坂の石山本願寺法主《ほっす》顕如《けんにょ》が、浅井・朝倉、及び三好三人衆と手を結び、各地の一向門徒に挙兵を命じた。

信長は八月二十日岐阜を発ち、近江横山城を経て京に入り、二十八日摂津の枚方《ひらかた》につづいて野田・福島の砦を陥《おと》し、天満《てんま》の森に滞陣した。

そうした動きに本願寺は、紀州の根来《ねごろ》、雑賀《さいか》に檄を飛ばし、大坂一向門徒衆を激励した。

その甲斐あって、九月十二日から十三日にかけての淀川の戦いでは、根来・雑賀の鉄砲集団が威力を発揮し、織田勢は惨憺たる敗北となった。

「なんじゃと、総崩れじゃと！」

成政は色を失った。鉄砲には自信の成政である。五ヶ月前、越前敦賀の手筒山城攻略、そして金ヶ崎の退き口で、殿軍の藤吉郎を見事生還させたのも佐々隊の鉄砲であった。

その腕に覚えの佐々隊が、淀川の戦いで総崩れとはどういうことか。

虚空を睨んだ成政は、立ち上がると体を震わせた。

(敵は根来と雑賀)

成政の体内を悪寒が走った。紀州の根来と雑賀といえば鉄砲の先進地である。彼等の持つ鉄砲がいかなるものか、そして彼等が日頃いかなる集団訓練をしているかである。

（敗《ま》けるか）

本能的嗅覚でそれを感じた。だからといってこのままおめおめと引き退がってはいられない。

「明日は春日井《かすがい》堤辺りじゃ」

物見の報せが入ってきた。土地勘のない他所《よそ》者にとって、戦場の地理状況は、時によっては致命的である。桶狭間の勝利も、そうした土地勘の勝利だったともいえる。

「春日井堤とはどんな所じゃ」

「平坦な野にござるよ」

それが一番困るのだ。眠れぬ夜が明けて十四日、一番手の佐々隊三百名が春日井堤にくり出した。

刈り入れの終わった田が黄褐色に広がっている。一番手佐々隊の旗を翻して野陣に立ったが、なぜか敵の姿が見えない。

おかしいと思いながら、田圃の中に所々青黒く盛り上がっている森木立ちを見やった。と、数発いきなり耳を劈《つんざ》く銃声に馬がのけぞった。

「撃て！」

反射的に命じた。弾込めの時間があってバババーンと一斉射撃の轟音が響いたが、どういうものか反応がない。そして無気味な静寂が流れた。

と、近くの森の中からぞろぞろと湧き出してきたような無数の兵が、銃口を向けて近づいてくるのが視野に入った。立ち竦んだ成政の体に戦慄が走った。

「行けえっ」

喚くと同時に、双方、天地を劈《つんざ》く音がした。と、次の瞬間、成政は左肩に強い衝撃を覚えた。

(やられた)

瞬間、頭を過《よぎ》ったのは雉子《きじ》であった。

「隊長」

生駒勝介が走り寄ってきた。

「おう、左肩じゃ」

「直ぐにお戻りを。われらが後を防ぎまする」

そうは言っても隊長たるもの、直ぐに引き返せるものではない。立ち往生している目に、敵兵との距離がせばまってくる。

双方間を置いて撃ち合いがつづいたが、少しずつ後退しながら刈り田に倒れるのは味方ばかりだ。

（これはいかん）

この分ではこっちが全滅するかもしれない。そして自分もこの刈り田に骸《むくろ》をさらすことになるやもしれぬという思いが掠めた。

ばたばたと倒れる佐々隊に気をよくした敵兵が距離を縮めてくる。

（いよいよ駄目か）

痛む肩をおさえながら、観念しようとしたとき、

「二番手、槍の前田隊見参」

という大声が後方でした。見ると堤の上に赤母衣の旗を翻した前田隊が得意の槍を持って立っている。

（利家か――）

ほっとした。急場の応援は利家であった。今ほど林立する赤母衣隊の旗が眩しく見えることはない。

「かかれっ！」

利家の号令に、

「おーっ」

と赤母衣の若武者隊が刈り田の上を長槍をきらめかせながら動いた。鉄砲を頼りに近づき過ぎた敵兵と、前田軍の肉薄戦になった。そうなると槍の方に威力がある。

長槍隊が敵を脅し攪乱《かくらん》すると、つづいて短槍隊が飛び込んで突き殺し、斬り殺すという白兵戦である。

「あの大男が槍の又左とかいう者じゃ。あやつを討て」

数人が一斉に利家をめがけてきた。利家はここぞとばかり右や左に長槍を廻し、突きつづけたが、その間、脛や腕に衝撃を受けていた。と、

「殿、拙者が代わって」

利家の前に躍り出たのは村井又兵衛である。村井又兵衛長頼《ながより》は、稲生原の合戦で武功をあげ、以来利家が召し抱えた侍である。

そうした前田勢の奮闘に、一旦は退いた味方も勢いを盛り返し、どうにか織田勢の面目を立てることができた。

信長は、利家の働きを「天下無双の槍」と言って激賞した。

「それにしても佐々鉄砲隊の不甲斐なさよ」

「尾張や美濃では鉄砲隊長じゃと威張りくさっとるがよ、いざ他所《よそ》の戦さとなると、なんという為体《ていたらく》じゃ。

それに比べて赤母衣の槍の又左は大したもんじゃ。敗け色の佐々の前に立ち塞がり、敵の鉄砲衆相手に得意の槍を縦横無尽に振り廻したというではないか」

「それで佐々の奴め、どうやら命拾いをしたという。又左が間に合わなんだら、今頃佐々は、己が骸《むくろ》を野面にさらしていようぞ。犬が勝って雉子の負けじゃ。わが家の雉子はよう鳴きよるでのう」

そうした声が成政の耳にも聞こえてきた。

金ヶ崎の陣では「佐々隊の比類なき働き」と信長から激賞された自分が、今はまことに惨めである。

戦さの運不運は確かにある。しかし、金ヶ崎のことを思うと、相手があまりに弱かった。弱過ぎたのだ。

それに比べて今度の撃ち合いではこちらが確かに劣っていた。銃の違いもあろうが、戦さの仕方から違っていた。そういう意味では完敗だ。

しかし利家はどうだ。あの敗色の中に現われ、倒れた成政を越えて、槍の戦いを敢行した。

火薬をこめるひまも与えぬ肉薄戦では、たしかに槍の方が優っていた。

成政の鉄砲と、利家の槍の勝敗は、この春日井堤の戦いでは利家の勝利である。それを認めざるを得ないが、成政の心情を苦しめるのは、又左によって命拾いをしたということと、雑子が鳴きよると囀われたことである。

肩に負った銃傷よりも、成政の心の傷の方が深かった。

天満の陣に戻ってから、傷の手当てを受けながら、成政はいつになく無口だった。

「肩に喰い込んだ弾の破片をとり除かねばのう」

医者のいない戦陣での荒療治ながら、成政は声もあげず苦痛に堪えた。それから数日して陣屋に利家が現われた。

「大事のうてよかったのう。したが肩ではこれから鉄砲撃ちに障るようなことにはならぬかの」

本心から案じてくれる利家に、成政は返すことばがない。それよりついこんなことばを吐いてしまった。

「わしはおぬしのおかげで命拾いをしたなどとは思うていぬぞ」

成政の哀しい目の奥で、何かが燻《くすぶ》っている。

「そんなふうに、わしが思うわけがない」

人の噂や雑言を気にするのかと利家は言いたかった。成政は、またしてもことばのやりとりでも利家に負けてしまった。

「戦さとは不思議なもんじゃ。思いもせぬ事態によって、勝ち負けが逆転する。のう成政殿、いつの戦さでもそんな場面に出くわすではないか」

桶狭間も金ヶ崎も、そしてこの春日井堤でも、そういう情況が起こった。

「それでは早う本復なされよ」

と労《いたわ》りのことばを残して去った利家に、またしても惨めさをかみしめた成政だった。

第五章

乳房の悲しみ

(一)

美濃と近江を岐《わ》ける山脈《やまなみ》に、ひときわ秀麗な山容を誇る伊吹山。そして西には、渺々《びょうびょう》たる琵琶湖《びわこ》が広がっている。

この山と湖を借景とする今浜に、小ぢんまりとした二層の城郭の外構えが建ち上がった。木下藤吉郎の城である。

去る元亀元年（一五七〇）、浅井・朝倉と織田軍の戦った姉川の戦いから三年がたっている。

天正と改まったこの夏、宿敵の越前朝倉を討ち、つづいて信長の妹婿、浅井長政の小谷城を攻略した。

その小谷城攻略の先鋒となった藤吉郎が、一躍浅井の遺領（坂田《さかた》・東浅井《ひがしあざい》・伊香《いか》三郡、計十八万石）を与えられ、長政にとって替わって小谷城主の座を射止めた。

元亀二年（一五七一）の叡山攻略による明智光秀の坂本城主につづく、二番目の城持ち大名という大出世だ。

小谷に入った藤吉郎は、山上の城郭を嫌い、南西の湖岸、今浜に目をつけた。

小谷のような山城は戦さの攻防には適《かな》っていても、城下町の形成には適当ではないという判断からだ。

大体、信長の清洲や岐阜を知っている藤吉郎は、山上の城と麓の町を分離したくなかった。そこで東海・東山・北陸道、そして京・大坂へ繋ぐ街道の要衝ということと、浜大津・京への舟便の基地となる今浜を選んだ。

そこで信長に請願して小谷山から今浜への移転を実行し、風光明媚と利便の地に城造りを始めた。

なにしろ築城の材料は全て小谷山から引き降ろすのみで、金のかからぬ城が早々と琵琶湖畔に出来上った。

だから小谷城の半分にも満たない小城だが、気ぜわしい藤吉郎の気持ちを満足させた。

そこへ、早速尾張中村から、お袋や姉弟たちを呼び寄せるということである。

利家がそんな藤吉郎を訪ねたのは、まだ一家眷族《けんぞく》のくる前であった。小城とはいえ今や三郡の大名である。とてものことに利家の荒子城など足元にも及ばぬ造りである。

「おう、利家殿、ようきてくだされた」

髪の薄い藤吉郎は、顔を皺苦茶にして両手を広げながら利家を迎えた。

「こたびはまことにおめでとうござる。なにしろ殿の直命では二人目の大名じゃからのう。いや、ご立派、ご立派。さすがは藤吉郎殿じゃ」

利家の先を越す出世である。

「そんなことを言うてくれるな。こたびはまことに運があった。それしか言いようがないわ。

戦さも人の吉凶も、大きく言えばつまりは運。わしはそう思うている。じゃから、こたびはうまくいったが、次はどんな大波をかぶるやもしれぬ。わしはいつもそんなふうに思うとるよ。

じゃからの、城持ち大名になったからというても、成政のようにはしゃいだりはせぬわ。いつまた元の木阿弥になるやもしれぬ。

大体の、わしはおぬしと違うて、ボロ布《ぎれ》をまとうて育った伜じゃ。何もない水呑み百姓じゃけ、堕《お》ちることがどんなことかも知っとるし、別に怖ろしゅうもないわ。

そやからこの城もな、いわば廃品で造ったようなもんじゃ。新品などどこにもないぞ。よう見てくれ、この柱も床《ゆか》も下見の板も、それに石垣の石までみんな小谷のものじゃ。ワハハ……どうじゃ、わしらしいではないか」

この屈託のない明るさがこの男の魅力だ。清洲の路傍で信長の心を把んだ藤吉郎のことだから、どんな誇大な自慢話を聞かされるかと、その辺は覚悟してやってきたつもりだ。

ところがこの飾り気のないもの言いはどうだ。またしてもこちらがその弁舌に参りそうだ。

そこへ近侍の男が酒と膳を運んできた。

「おう、これはこれは」

二人はそれから盃を交わした。そして盃を置くと藤吉郎は、

「ところでわしはの、殿からも勧められて名乗りを変えたぞ」

と目尻の皺を深くした。

「何と言う」

「うん、いろいろと考えた。わしはの、小《こ》まい時から『猿』にはほとほと参ったぞ。それでどうやらねねの縁類の木下姓を貰い、藤が好きで藤吉郎と名乗ってみたが、やっぱり猿が藤吉郎とは気障《きざ》じゃと言われての、いろいろ気苦労じゃったわ。したが城持ち大名となったからは、誰からも文句は言わせぬ。そうではないか」

本心を吐露する藤吉郎を可愛いとさえ思う。

「それでなんとじゃ」

「うむ、そこで考えた。わしの尊敬する先輩殿の名を一字ずつ頂戴しようと。さすれば誰も嗤うまいと」

「これからはおぬしを嗤う者などおろうか。それでなんとじゃ」

利家は先を促した。

「羽柴《はしば》筑前守《ちくぜんのかみ》秀吉《ひでよし》じゃ」

「羽柴とな？」

「聞いたような聞かんような――そうじゃろ、ワハハ……」

また藤吉郎は大笑した。

「つまりじゃ。羽柴の羽は丹羽殿じゃ。そして柴は大先輩の柴田殿。その一字を貰い受け、羽柴藤吉郎じゃったが、その後、筑前守に任ぜられた。

それから秀吉についてはの、前から『秀』という名に憧れとった。ま、頭のどこかに明智光秀殿のことがあったかもしれぬ」

つまりは、先輩諸氏の一字をそれぞれ戴いて作った名乗りである。

「よいではないか。堂々たるものじゃ」

と頷けば、

「そう神妙に感心してくれるな。これでもわしは一生羽柴でいくかどうかはわからぬぞ」

「ということはまた変わるやもしれぬということか」

「そりゃそうじゃ。おぬしのように、菅原道真の裔《すえ》などという家柄と違うて、わしなど俗に言う馬の骨じゃ。じゃから何度姓を変えたところで、どうということはない」

「うむ」

利家は思わず唸った。この小男の天衣無縫ともいえる発想と屈託のなさである。

「それはかりではないぞ」

このときばかりは秀吉も身をのり出した。

「まだあるのか」

「あるとも。ここに羽柴秀吉が初城を構えたからは、土地の名も変えねばなるまいと」

「ほう、なんとじゃ」

思わず盃を置いた。

「ここは今浜じゃ。それを新たに長浜としたぞ」

「長浜とな」

「わかるか?」

秀吉はにたりとした。

「うーむ」

「今浜改め長浜はの、言わずと知れた殿の一字よ」

瞬間、呆気にとられた。

「どうじゃ」

「さすがじゃ、うまいのうおぬしは」

利家は膝を打って感心した。信長の笑顔が目に見えるようだ。

(やっぱり此奴は人誑《たら》し)

しかし、うまいものだ。人の心を把む名人である。

酔いの廻った二人は、それから湖上を飛ぶ雁の羽音を聞いていた。そうして暫く沈黙がつづくと、

「利家殿」

と秀吉が改まった口調で言った。

「なんじゃ」

「おぬしに折入って頼みがある」

「ほう、このわしに。城持ち大名が何の頼みじゃ」

頭の中は半分朦朧《もうろう》としている。

「わしはの、欲しいのじゃ」

「何が欲しい？　大変なものを手に入れたではないか。その上何を――」

「子どもじゃ、子ども。それもおぬしの子が欲しい」

利家の酔いがいっぺんに醒めた。

この台詞《せりふ》をどこかで一度聞いたことがある。

（そうじゃ）

荒子の城で惣領となった祝いの席で、たった一人女がきていた。ねねである。あの後ねねから、貰い子を頼まれたものだ。しかし、まつの反対でそれは実現せずじまいだ。それを今度は秀吉から頼まれたのだ。

（となると断り切れぬか）

酔いの醒めた利家は、

「こればかりは女房に聞かねばの」

と口を濁した。

(二)

左に伊吹おろしを受けて関ヶ原を抜け、岐阜屋敷を目ざしながら、馬上いろいろ考えた。たしかに今、まつは孕《はら》んでいる。蕭《しょう》の後にまた一人娘（麻阿《まあ》）がふえて、胎《はら》の子は五人目である。

（これだけ産んだのじゃから一人ぐらい……）

そう思うのは男の勝手で、産む方はそうはいかぬようだ。あのときも、

「いかにねねさんでもやれませぬ。一人でも子を失うことはできませぬ」

と言ったものだ。

したが、今度は城持ち大名となった羽柴筑前守秀吉からの頼みとなるとどうであろう。わしらの子として育つよりも、大名の子として、それも子のない秀吉夫妻なれば、どんなに大事にされるやもしれぬ。

心の決まった利家は、馬の尻を叩いて大垣《おおがき》の町中を走り抜けた。

屋敷に戻ってくると、家人たちは口々にどこへ行ってこられたかと案じてくれ

た。その家人たちの肩を軽く叩きながら、

「案ずるな、今浜まで一っ走りしてきた。木下藤吉郎改め羽柴筑前守秀吉殿の新城に祝意を述べに行ってきたのじゃ」

　そう言うと足早に部屋に入った。

「遅うござりましたなあ。子らもみな寝《やす》みましたよ」

　肩で息をしているまつを見下ろすと、また利家は言いそびれる。

ともかく湯殿に入り、汗を流して戻ってくると、部屋いっぱいに寝床が敷いてあった。

　いつもなら直ぐにもまつを抱くところだが、今夜は床の上に胡座《あぐら》をかいた。

「まつ」

　なぜか改まった様子にまつは衿を合わせて座り直した。

「今日わしは近江の今浜、いや、長浜という所へ一鞭くれて走ってきた。木下藤吉郎改め、羽柴秀吉殿の新城祝いにの」

「それはまあご苦労様で。それでいかがでした」

　まつははらりと落ちる髪を掻き上げた。

「われらと一緒に清洲長屋にいた者が、一足先の大出世じゃ。大したもんよ藤吉、いや秀吉は。彼奴は運じゃと言いよるが、そうではない。頭も利《き》けば体も動く。それに人の心を把むのがうまい。とてもわしの及ぶところではない」

これが本心だ。すると、

「まあ、藤吉、いや秀吉殿でしたか。人はそれぞれの能力《もの》と機会《おり》があります。そのうちきっとお前様にもそんなときがきましょう」

とまつはいつも穏やかだ。

結婚当初の十阿弥事件で、長屋暮らしに落ちたときも、小言や愚痴を言うわけでもなくいつも温和だった。この性格に利家はいつも癒《いや》されるわけだが、ただ一つ、子どものこととなると頑なである。ましてその中から一人もぎ取るとなるとこれは大変だ。

「まつよ」

利家はまつの膝の上の手をやさしく撫でた。

「わしはの、今日長浜城で秀吉に会うて嬉しかった。したがそこで頼まれごとを引き受けてきた」

「頼まれごととは?」

まつは目を大きく見開いた。

「うむ」

利家は言い淀んだ。

「言い難《にく》そうですね」

「ああ」

「わかりました」

まつははっきり言い切った。

「なにがわかった」

それに答えずまつは枕元の燭の灯を見つめている。

「いつかねねさんから言われたことでしょう」

「ようわかるのう、そなたは」

利家はまじまじとまつを見つめた。

「それでお前様は秀吉殿と約束してこられましたね」

「まあな。したが相談してくると――」

「お前様」

「うむ」

「そこまでわれらの子を望まれるというのは、冥利かもしれませんね」

思いもよらない返事である。それから更にこうつづけた。

「子のない夫婦がどれだけ子を望んでいることか。それに引きかえ、わたしはこれで五人目の子を抱えているのですから」

「――」

あれから四年もたっているのだ。その間、長女幸を、前田家の本家にあたる前田長定の嫡子長種に嫁がせ、長男犬千代もそろそろ元服の年に近づいている。

そうした子福者の自分からみれば、子のないねね夫婦に、一人ぐらいあげても仕方がないと思えるようになっていた。

「そうか、よう分別してくれた。してどの子をやろうか」

するとまつは腹を指さした。

「胎の子か」

返事の代わりに頷いた。

「その代わり、わたしは産まれた子の顔も見ず、乳もやらないことにします。そんなことをしたら、もう手放せませぬ。

ですから、わたしの産が近づいたら、長浜の方から乳母《めのと》を用意させてここへ連れてきてくだされ」

伸

利家は心を打たれた。子を手放すことがいかに母親にとって辛いことか、そのためには顔も見ず、乳も与えない。つまり自らが棄て切るという覚悟なのだ。

それから十日後、まつは五人目を出産した。またまた娘であった。利家はこの娘に「豪《ごう》」という名を付けた。長浜からやってきた乳母に抱かれた嬰児を、つまりは、利家も見ることはなかった。

産褥《さんじょく》の十日間、布団に寄りかかりながら、まつは心痛に堪えた。五人目ともなれば、ほぼ赤児の想像はつく。それでも乳房は張り、乳首から落ちる乳を呑ませもやらず、布に浸して拭うことが辛い。そして乳と涙で濡れる布を何度取り替えたことか。

十二日目、まだ目もしっかり開かぬ豪《ごう》が、乳母に抱かれて前田屋敷から出ていくことになった。その女輿を、まつは利家に抱かれるようにして庭樹の狭間から見送った。そのとき利家は、抱いたまつの着物の衿から胸が、乳でじっとりと濡れていることに気がついた。

（三）

明くる天正二年（一五七四）七月、利家は信長の伊勢長島一向一揆討伐に加わった。

伊勢長島は尾張に近く、木曽・揖斐《いび》川の中州にできた輪中《わじゅう》集落の豊かな穀倉地帯である。この長島が一向一揆の拠点となったのは、本願寺八世法主蓮如《れんにょ》の子、蓮《れん》淳《じゅん》がこの長島杉江に願証寺《がんしょうじ》を開いてからで、それから次第に門徒の数をふやしていった。

そもそも一向一揆とは室町中期から末期に近畿・三河・北陸などで起こった宗教一揆で、一向宗の僧侶と門徒農民が一つになって大名の領国支配と戦ったもので、その勢いは侮り難く、戦国武将を恐れさせた。

そこで信長は石山本願寺の法主顕如に対し、石山からの退去を要求した。しかしそれを受け容《い》れる本願寺ではなく、元亀元年（一五七〇）から十年間にわたる石山合戦が始まった。その間一向一揆は越後・北陸・四国・中国に及び、その勢力を増強した。

その中で信長が伊勢長島に特別な戦意を燃やしたのは、四年前、ここで弟信興が自刃に追い込まれ、更に翌年、これまた家臣の氏家卜全《うじいえぼくぜん》を殺され、柴田勝家も負傷という失敗を重ねているからだ。

信長は本陣を長島の対岸、津島に進めた。そこには丹羽長秀・木下秀長・佐々成政・河尻秀隆らに混じって利家がいた。

津島は信長の父信秀の勝幡《しょばた》城のあった所で、牛頭天王《ごずてんのう》（津島神社）で賑わう港町である。

ここから長島一帯を完全に包囲し、兵糧攻めをしながら支城となる砦を一つひとつ潰すという作戦である。既に熱田口から矢田川原までの四十数町の間に鹿垣《ししがき》をめぐらせ、応援にかけつける一向宗門徒の流入を阻止した。

それにこれまでの苦い経験は、一向宗門徒の操る軍船である。伊勢の湾《うみ》に注ぐ各河川を縦横に漕ぎまわる長島水軍に手痛い打撃を受けてきた。そこで尾張のみか、九鬼嘉隆《くきよしたか》の九鬼水軍も動員し、安宅《あたけ》船という大型船を建造して六百隻余りで長島水軍を封殺する構えだ。

これまで陸の合戦しか知らぬ利家は、この軍船群に固唾《かたず》を呑んだ。

「かかれいっ！」

信長の采配に、利家は赤母衣《ほろ》衆《しゅう》を従えて丹羽長秀らとともに木曽川辺りに押し出した。そして木曽川沿いの海老島《えびじま》・前ヶ須島・加路戸島《かのと》に次々と火を放った。

この焼き払い戦法は、秀吉の稲葉山城攻略や叡山焼き討ちと同じである。

家を焼かれ、炎を恐れて右往左往逃げ惑う村人を助けんと、小木江《おぎえ》や松之木から門徒たちがやってきたが、織田の水軍に抑えられて動けなくなった。そこで彼等はやむなく長島の各砦に入っていった。

こうして長島を取り巻く包囲網がじわじわと狭まり、門徒勢は大鳥居《おおどりい》、篠橋《しのはせ》、屋《おく》長島・中江《なかごう》・長島の五ヶ所の砦に追い詰められていく。

大鳥居砦に向かうのは勝家、稲葉一鉄、利家らで、まず今島に陣を敷き、大船で大鳥居をめざした。このとき信長自慢の大鉄砲といわれる大砲を初めて使うことになった。

その響きたるや、まさに天地を劈《つんざ》くばかりだ。そして大鳥居の塀や櫓《やぐら》が崩れ落ちるのを見て、門徒たちはいっぺんに震え上がった。

「やっぱり大砲は凄いもんじゃ」

利家も初めての大砲に驚くばかりだ。いや大砲ばかりではない。志摩七島の兵を率いる九鬼水軍の安宅《あたけ》船に目を見張った。

ともかく大砲の音に、それまで砦の中で聞こえていた「南無阿弥陀仏」「厭離穢《おんりえ》土《ど》」「欣求《ごんぐ》浄土《じょうど》」の大合唱が消えてしまった。そして飛矢もピタリと止まり、砦は無気味な静寂に包まれた。その砦に向けて、再び大砲が爆音を発した。

こうしてひと月がたった。なにしろ暑い夏のさ中である。蒸し風呂のような砦の中は、人の熱気と臭気でいられたものではない。

それ以上に人々を苦しめたのは食糧が底をついてしまったことだ。少しばかりの米や稗《ひえ》にあさましいほど群がり、力のない者は次々と動かなくなっていった。

八月二日、その日は朝から雨になり、夜になって大降りになってきた。すると大鳥居砦に籠っていた門徒たちが、風雨にまぎれてひそかに砦から脱け始めた。

「おう、逃げ出したぞー」

勝家、一鉄らにつづいて利家の赤母衣隊の槍が一斉に走り出した。夜陰のしかも雨の中、松明《たいまつ》の火も消えたため、敵や味方の区別もわからず、怒声と泣き声が雨音に混じる。

「どっちへ行った」

「あっちじゃ、いやこっちかな」

なにしろ入りくんだ迷路のような細い道である。そこを勝手知ったる一向宗門徒が三々五々走り抜ける。

た。

「この雨と闇ではの」

赤母衣衆も取り逃がすばかりだ。そこで一旦は引き揚げ、夜明けを待つことにした。

それだけに明くる日の攻撃は仮借《かしゃく》なかった。信長からは「男女を問わず皆殺しにせよ」という厳命が降りたのだ。

「それではやるか」

と再び大砲を撃てば、穴から出てくる蟻のように、ぞろぞろと出てくる。彼等は疲れ切っているのか、逃げるというより這い出してきたといった感じだ。見ると武器もなく、それに老人や女子どもまで混じっている。

それを織田軍は片っ端から撫で斬りし始めた。

「お助けくだされ」

震えながら手を合わせた老爺や女の首が飛ぶ。

無気力になって出てくる老若男女は今や戦う門徒ではなく、敗残の農民である。その無抵抗の農民に向けて、織田軍はここぞとばかりに刀を振るった。

「お助けを、この子ばかりは」

老女が孫の手を引き、地べたに伏して拝む二つの背に、槍が真上から突き通る。

「お前らの後生が恐ろしいぞー」

断末魔の老女の声が後を引いた。

「何を言う、糞婆《ばばあ》が」

赤母衣隊は更にいきり立って槍をきらめかせながら、弱った獲物を狩る動物のように色めきたった。

既に骸《むくろ》は大鳥居の周辺に百から数百とふくれ上がり、恰《あたか》も犬猫のように野に晒された。

それでも織田軍は殺戮をやめようとはしなかった。

「ひゃあっ！」

とあたかも鳥の悲鳴のような声に利家は振り返った。途端、赤児の小さな首が赤い血の弧線を引いて宙を飛んだ。

とその背後に、胸をはだけ、白い乳房をあらわにした女が一人、鬼女のように立っている。悲鳴は女の声であった。

一瞬利家は目を疑った。まさに幽鬼である。

「子どもを返せ！」

女が叫んだ。血走った両眼は吊り上がり、全身怒りと悲しみに震えている。

利家の体が硬直した。その女に、まつの面影を見た。豪を手放したときのまつである。呆然とすると、

「どうなされた、隊長殿」

赤母衣衆の野々村三十郎の声がした。三十郎は、利家が両乳房をさらした女に、まつの面影を見ていようなどとは気がつかない。

「気でも触れたか、女！」

声が終わるか終わらないうちに、ドーッという音と共に、血の噴出の帯と一緒に首が飛び、体がどさりと仰向けに倒れた。利家は思わず目を背けた。

「男女を問わずの皆殺しでござるからの」

三十郎はそう言い残すと離れていった。

利家の目に、血みどろの女の胸に白く張った乳房が痛いほど沁みた。

豪を見送った後、まつは利家の胸に顔を押し当てて子どものように泣いた。するとみるみる利家の胸までまつの乳でべっとりと濡れてきた。そのときほど利家は、子を失った女の悲しみを知らされたことはない。

利家はやおら腰をおろすと、女の乳房を血で濡れた着物の衿をたぐって隠した。胸の詰まる思いである。

それから辺りの叢を探した。赤児の首である。首は少し離れた草の中にあった。両掌の中におさまる小ささだ。まともに見るに堪え難かった。まだ温く、赤味さえ残り、眠っているようだ。ふいと、

（豪）

という名を呟いた。その首を、母の胸の中に押し込んだ。それから女の首を探した。近くに落ちた女の首は、男の首のように重かった。

見まいとしても、つい目に入ってくる。

薄目を開けた顔はもう白蠟のようだ。利家の手に触れた黒髪の艶やかさ、それにあの盛りあがった白い乳房からみて、まつと同じような年であろう。

（酷《むご》いことを……）

利家の体から力が抜けていく。そしていつのまにか槍を落としていた。

すると両掌がひとりでに合わさってきた。離れた胴の上に置いた女の首に、利家は両掌の指をからませて頭を垂れた。それは自然の所作であった。

目をつむると、まつの姿が蘇ってくる。そして一度も抱かなかった小さな娘のことを思った。

（わしはただの鬼武者でしかなかった――）

第六章 ❖ 越前一向一揆攻め

(一)

天正三年(一五七五)六月、敦賀の宿は、利家を混じえた男たちの戦さ話の饒舌で熱気を帯びている。

「いやあ、この間の戦さほど大《で》かい戦さはなかったわい。なにしろ赤備《あかぞな》えの武田軍が、人馬の音と雄叫びをあげて津波のように押し寄せてくるんじゃから。

それを逆茂木《さかもぎ》(馬防柵)の前に出て、足軽鉄砲隊が恐れ気もなく膝撃ちの一斉射撃じゃ。まあ、その音ときたら、百雷が一度に落ちたような響きで、馬がのけぞり、ひっくり返って、空濠《からぼり》にもんどり打って倒れるんじゃからのう」

そう言いながら山森伊織は両腕を馬の前脚のように曲げ、ヒヒヒンと鳴いて仰向けざまに倒れてみせる。それを見て皆は大笑いした。

「それにしてもよ、天気じゃったからよかったのよ。鉄砲、鉄砲というてもな、雨じゃったらどうするい。いや、雨でのうても今は梅雨《つゆ》じゃ、湿気でうまくいくとはきまらんぞ」

三輪作蔵の物言いに、

「そりゃそうじゃ。そこは運があったのよ。どうも殿は、いざというとき運がつく。桶狭間の雨もそうじゃった」

と山森久次が合いの手を入れる。

「運もそうじゃが、そこが殿の頭のよさよ。火縄の材料に特別の工夫がしてある」

「ほう、どんな工夫じゃ」

「今の火縄は竹や樹皮の繊維《いと》じゃねえか。これは火持ちはいいが湿気に弱い。そこで殿は知多《ちた》の極上木綿に換えられた」

「よう知ってるのう。わしらそこまでは知らなんだぞ」

「考えてもみよ。津波のように押し寄せてくる武田軍の前で、火縄に火が点《つ》かなんだらどうするい。その方が案じられるわ。

次は津波のような軍を迎撃する距離が問題じゃ。それが実にうまくいった。したがの、もし火が点かなんだりしたら、それこそ馬に踏みつぶされるか、武田の長槍に芋刺しにされとるからのう」

「そりゃあそうじゃ。それにしても、武田の鉄砲隊はどうした」

「そこが今度の戦さの岐《わか》れ目じゃった。武田とてこちらに負けぬくらいの鉄砲組はあろうさ。したがそれを最前線には出さなんだ」

「うーむ、するってえと殿の戦術の方が優っていたということか」

「これからは戦さの仕方も変わるかもしれんぞ」

話題は長篠《ながしの》、設楽《しだら》ヶ原《がはら》の戦さである。

伊勢長島の一向一揆討伐から八ヶ月後の戦さで、相手は甲斐の武田勝頼《かつより》である。

豊川の上流、即ち大野川と寒狭《かんさ》川の合流する険阻な崖の上に長篠城がある。

四月二十一日、武田勝頼は一万五千の兵を率いて甲府を発ち、三河に入ると医王寺山に陣を布いて長篠城を包囲した。

城兵わずか五百人、しかし頑強に死守されて手間どり、焦った勝頼は織田・徳川軍を迎撃すべく、三千を残して急遽寒狭《かんさ》川を渡って西方の設楽ヶ原へ移動した。

信長軍も別動隊四千をひそかに東進させ、長篠城を眼下に見下ろす鳶《とび》ノ巣山に移っていた。

この時点で勝頼は、北に山地、東・西・南を川に囲まれた袋小路に誘い込まれたことになった。

そうして五月二十一日、早朝の鳶ノ巣山から四千の織田・徳川連合軍が鬨《とき》の声と銃声を響かせながら駆け下って、設楽ヶ原の戦さが始まった。

対する無敵を誇る武田軍団は、進軍の太鼓を打ち、雄叫びをあげながら、人馬一つになって赤い旋風《つむじ》の如く土煙を巻いて動き出した。

軍団の向かう先は、連子川に沿っている織田軍の馬防柵である。ところが馬防柵に近づいた所で、柵の前に立った織田の足軽鉄砲の数隊から膝撃ちの一斉射撃を受けた。

意表を衝く轟音に、馬は跳ね上がるようにして驚倒した。そしてもんどり打って馬防柵の前に掘られた深い空濠に落ちていく。

驚いたのは馬ばかりではない。馬上の武者たちも均衡を失い、人馬もろとも濠に消える。そんな恐慌につづいて、再び第二弾の一斉射撃の砲火を浴びた。

それが延々半里に及ぶ馬防柵と空濠の前で集中砲撃を浴びるのだから、さしもの武田軍団も大混乱に陥った。

しかも次々と波状的に繰り返されるに及び、とうとう午《ひる》を廻った頃には武田軍の敗走となった。

この戦さで武田軍の戦死者は一万余、馬場信房ら武田二十四将のうちの五名を失うことになった。

こうして設楽ヶ原の戦さは織田・徳川の大勝利となった。その鉄砲隊を指揮した鉄砲奉行の中に、実は利家も加わっていた。

「それにしてもよ、成政の鼻息の荒いこと、ぬし一人の手柄のようなことを言いよる。どうかと思うぞ」

「そりゃ確かに成政は早うから鉄砲組じゃったから仕方ないが、何も成政一人の指揮ではない。やっぱり雉子はよう鳴きよるわい」

「止めんか！」

利家は一喝した。

「したがそうではござらぬか」

伊織が酒の酔いにまかせて反駁した。

「いや、成政殿は鉄砲奉行の総師じゃ。成政殿を悪う言うことはない。成政殿の指揮で織田軍の鉄砲隊がうまくいった。そうであろう」

「したが一人自慢の放言には腹が立ち申す」

伊織は止めない。それのみか、

「その通り、その通り。これではわれらが二番手に見られまする」

と久次《くみ》が与する。

「戦さの評価はちゃんとされとる。あれこれ言うな、聞き苦しいぞ」

利家の一言で皆は静まり一息ついた。そして酒臭い息を吐きながら戸の向こうに目をやった。

　そこには青藍の海がひらけ、手前には鞠《まり》山、田結崎が見え、左前方は立石岬が延々と青い山脈《やまなみ》を連ねている。

「おう、いい眺めでござるのう」

「伊勢の海とは一味違うではござらぬか」

「そうとも、ぬしら戦さ話に夢中になっとるが、たまにはこんな佳景を肴に静かに呑むのもよいものじゃよ」

　こうして一息ついてから、利家はやおら今度の敦賀の旅の目的を明かした。

「次の戦さは越前じゃ」

「越前といえば一昨年、朝倉を滅亡《や》ったところではござりませぬか。それで今度はどこを」

「伊勢と同じじゃ」

「伊勢と同じということは、一向衆攻めにござるか。弱ったことじゃ、何しろ相手は坊主と百姓に女、子どもじゃからのう。それも早々に降参してくれるならいいが、これが結構手強く歯向うのじゃから」

「して今回は何ゆえの敦賀にござりまする」

「調略じゃ」

「何、調略でござるか。したが調略と言うても一体どういう?」

信長は既に、越前の高田派・三門徒派あるいは真言・天台宗など本願寺以外の勢力を味方に付け、三国湊の豪商たちをも掌握していた。そこで中心となる府中を攻めるべく、陸・海からの戦術を考えていた。

陸路は朝倉攻めで、木ノ芽峠越えに時間がかかり難渋した。その消耗と時間を縮めるための海路作戦である。そこで、敦賀から一部を海上輸送させ、府中に近い海岸に揚陸させるというものだ。

しかし、ここで頭が痛いのは、敦賀の船主道川《どうのかわ》がどう応じるかだ。五年前の元亀元年（一五七〇）、浅井長政と交わした約束を一方的に破棄した越前侵攻で、敦賀の手筒山や金ヶ崎を干戈《かんか》と土足で踏み荒らした。

それに昨年の長島大虐殺である。そんな情報は当然敦賀にも聞こえているだろう。となると、織田軍への加勢を断るのではないかという読みである。

そういうとき秀吉なら金の力を使うだろう。信長から大枚を引き出し、それで人の心を買う名人である。しかし利家には人誑《たら》しの弁巧はない。それだけに迷い、悩むのだ。

「どうじゃろ、道川は」

利家は汗を滲ませながら言った。

「うーむ」

伊織も唸った。下手にこちらの戦術を打ち明ければ、府中や北ノ庄に筒抜けになるかもしれない。

「なにしろ朝倉攻めと、長島があったからのう」

戦さの時代である。戦さは覚悟の上でも、信長の戦さは、無辜《むこ》の民の大虐殺が人々を恐れさせている。下手に戦術を打ち明けるわけにもいかず、それに調略金も不足している。

「して船はどこに揚がるのでござるか」

「府中なら河野《こうの》、北ノ庄なら蒲生《がもう》・茱崎《ぐみざき》じゃな。そして木ノ芽峠から北上してくる陸上部隊と合流するという戦術じゃ」

皆は暫く黙りこんだ。すると山森久次が手を打った。

「いっそ敦賀を止めにされては」

「敦賀を止めてどうする」

「港は敦賀のみではござりませぬ」

「どこまで行けと言うのじゃ」

「三国湊《みくにみなと》がござりまする」

「三国湊」

一同顔を見合った。

「殿は既に三国湊の豪商とは関係を持っておられまする。それゆえわれらが行けば、否とは言えますまい。そこで三国の船を、敦賀まで回航させまする。じゃったら道川は文句はありますまい」

「うーむ。久次よ、そちはなかなか頭が回るのう。いい思案じゃ」

「して三国の豪商と言うと一体誰でござるか」

山森伊織は身をのり出すようにした。

「確か、森田三郎左衛門という名の男じゃった」

「その森田三郎左とやらに賭けてみるしかござりませぬのう」

「そうじゃな。そうと決めたからは早朝ここを発つ」

㈡

北ノ庄から北国《ほっこく》街道を北へ上って竹田《たけだ》川沿いに西に出ると、木曽川を想わせる大河に出る。越前随一の大河、九頭龍《くずりゅう》川である。

河口には船が数艘も帆を下ろして停泊している。河岸にはぎっしりと蔵が軒を並べ、川人足が船から岸に渡した踏板の上を、荷を担いでせわしく動いている。

「なかなかの川港ではないか」

「繁昌しているのう」

一行は川岸から近い経《きょう》ヶ《が》丘《おか》の森田館《やかた》に登っていった。幸い当主三郎左衛門は在館していた。年の頃五十を越えたと思われる品のいい男が帷子《かたびら》姿で座していた。

岐阜からということで、三郎左は気を利かせて人払いをしていた。

「いい港でござるのう」

「いやあ、桑名や長浜ほどではございませぬ」

と三郎左は信長治下の港の名をあげた。

「ところで手前に何か？」

「実は船をご用意願いたく参上つかまつった」

利家は二年前の朝倉討伐につづいて、この八月半ば、今度は一向一揆攻めに織田軍の北上があることを告げた。

「一揆攻めでございますか」

三郎左は溜息をついた。越前は朝倉滅亡後、「一揆持ちの国」「門徒持ちの国」と言われるように、守護代桂《かつら》田《だ》長俊《ながとし》を殺し、本願寺の坊官、下間《しもつま》頼照《らいしょう》が守護となった。農民たちとしては、きびしい武家の収奪から逃れるべく、浄土真宗の門徒になった。

ところが下間頼照の支配も、武家支配と変わることがなく、このところ次第に下間ら坊官と門徒農民が対立するようになった。

そうした状況を衝いての越前侵攻である。

「われらは平穏を望んでおりますがの」

そう言いながら三郎左は額の汗を拭った。

「したがこのままでは収まるわけがござらぬ」

「で、どのような戦略《て》にござりますか」

「木ノ芽峠を北上する軍勢では足りぬゆえ、敦賀から船に乗り、米ノ浦か河野に上陸し、海陸から合流して府中と北ノ庄を攻める手筈」

「すると大変な兵力にござりますのう」

三郎左は脇息に肘を置いて手で下顎を撫でた。

「一気殲滅にござる。そこでぜひ船をお貸し願いたい」

「したが何ゆえ三国を。敦賀に乞われるべきではござりませぬか」

そう言われると思った。

「それは五年前、若狭から朝倉攻めの折、手筒山・金ヶ崎で敦賀の人々の心証を損ねたゆえ、こたびは三国の船を敦賀まで回航していただきたいというわけで」

「それでは道川が面白うござりませぬ。それに他人《ひと》の港に兵船を入れるのでござりまするよ。穏やかには済みませぬ。そこはやはり前もって道川に訳を話して下さらねば……」

三郎左の目が座ってきた。

「ならば申し上げる。これは戦さにござる。平時の商いごとならともかく、戦さとはそういうものでござる。

いきなり港に船が入り、待ち構えた兵が乗り移る。それに腹を立てて邪魔立てするというなら、敵とみなして討つまでにござる。戦さに無道はつきもの」

利家は頑なに言い放った。

三郎左は息をのんだ。町衆や港の無頼の強訴や嫌がらせは何度も経験しているが、武家の強談判《こわだんぱん》は初めてである。話し合いではなく、いわば命令であり、恫喝《どうかつ》なのだ。

「これは当座の金《もの》でござるが、不足分については後日必ず運上つかまつる」

利家は懐から用意のものを、三郎左の前に押し出した。

腕を組んだまま三郎左は暫く黙思した。このような銭《もの》を出された以上、いよいよ引っ込みはつかないだろう。となると、こちらも肚を決めねばならない。三郎左の頭にあるのはここ経ヶ丘の近くにある湊ヶ城の修築である。信長との一戦を考えてか、この春から門徒衆による工事が始まった。

ということは、ここが戦場になることは避けられまい。すれば真っ先に経ヶ丘が狙われることは必至だ。

いや、湊ヶ城ばかりではない。ここ三国湊には真宗系の寺々も多く、またそれ以前からの寺の数もある。そこが根城となって戦さとなれば、町は焼かれ、港の蔵々や船が強奪されるだろうという虞《おそ》れである。

それを未然に防ぐためには、門徒などという俄《にわか》武士より、歴戦を踏まえた本格武士団、織田に一味し、この湊《みなと》を守って貰う方が得策だと三郎左は考えた。そういう意味では、願ってもない申し入れである。

「それでは一味同心いたしましょう。それには先ずもって兵の数をお聞かせいただきたい。それに、水夫《かこ》だけで往くわけにはまいりませんから、まず何人かの兵と、織田軍の旗を戴き、ここから回航いたしましょう」

思いのほかの折衝に、利家は満足しながら経ヶ丘を出てきた。館を出しなに、近くに高々と聳える大屋根を発見した。湊ヶ城である。

（大《で》かい寺じゃ）

利家の頭に、どうやら三郎左の肚のうちがよめてきた。

㈢

初秋とはいえ、鎧の下は汗ぐっしょりである。八月十四日、信長軍二万余が敦賀に分宿した。

しかし、港には木瓜《もっこう》印（織田家の紋所）の旗差物を翻した船影は一艘も見当たらない。

それは、折角三国湊まで出かけていった利家の調略を信長が中止させたからだ。一時はそういう戦術を考えたが、金ヶ崎城のような海岸の牙城を攻めるわけではなく、これからは内陸戦である。それに、あれから後、若狭・丹後からの加勢が海上から得られることになったためだ。

翌朝、信長軍は強い陽差しの中、樫曲《かしまがり》、葉原《はばら》を通って木ノ芽峠を目ざした。従う諸将は柴田勝家、羽柴秀吉、前田利家、滝川一益《たきがわかずます》、明智光秀、丹羽長秀、不破光治らである。

左右ともに見上げるばかりの濃い山が迫り、いよいよ峠の道にさしかかってきた。小石を噛む馬蹄と、鎧の草摺りの音のみの黙々とした行軍である。

陽差しが翳り、樹間から涼風が吹いてくる。利家は馬の背に揺られながら、ふいと三国湊の森田三郎左を思い出した。結局は無駄足になってしまい、三郎左を空廻りさせてしまったが、なぜか懐かしい。

北陸の海を背景に生きる男のしぶとさと、悠揚迫らぬ風格があった。この戦さで、三国湊を荒らすことはないだろうが、そんなときは自分の出番だろう。

三郎左の面影を追いつつ往くうち、山はいよいよ濃く、はや中腹にさしかかっていた。

そこで昼食をとるべく小休止となり、兵たちは思い思いの樹陰を求めて四肢を伸ばした。

昨日の物見の報せでは、峠の砦には和田本覚寺、石田西光寺の二千余騎が立て籠り、鉢伏《はちぶせ》山の砦には、杉浦壱岐《すぎうらいき》、橋立《はしだて》真宗寺、大町専修寺の僧兵、門徒衆二千五百が集結しているということだった。

数の上では全く話にならないが、しかし、なんといっても地の利を得た相手である。どこに、どんな仕掛けがあるやもしれぬ。しかも天険の山中である。

「油断するな」

こういう戦さには馴れている信長でも、周囲を黒々とした山林に覆われた深い山の中では、前後左右に目配りをしなければならない。

「出発」

の触れで、延々と何丁にも及ぶ軍列が再び動き出した。そして九合目近くなったところで、彼方から物見が懸命に走ってきた。

「殿、鉢伏も峠の上も、がらんどうにござります。人っ子一人おりませぬ」

物見は肩で息をしている。

「なに、がらんどうじゃと？」

信長の目尻が神経質にピリピリ動いた。ということは、この森の中に潜んで鉄砲の一斉射撃をしてくるのではないかということだ。途端、

「撃てぇ！」

信長が吠えた。

「殿、敵はいずれに。どこへ向けて撃つのでござりまするか」

「四方八方じゃ。伏兵をおびき出せぇ」

母衣武者が馬蹄を響かすと、鉄砲の音が次々と四方の森に放たれた。しかし、不気味なほど深閑とした峠道に返ってくるのは谺ばかりである。

「うーむ」

信長は唸ると馬首を進めた。物見と母衣武者が先を往く。そして姿が消えたと思ったら、

「殿――まさに空き巣にござりまするぞ――」

と大声が返ってきた。

確かに峠の砦も鉢伏も、裳抜けの殻であった。兵の散った後の砦には、煮炊きの火に鉄鍋がかかったままである。

「おう、敵はわれらが数に怖《お》じ気《け》づいて逃散《ちょうさん》したか、ワハハハ……」

信長の乾いた笑いが森に響いた。

鉢伏、虎杖《いたどり》、今庄《いまじょう》、燧石《ひうち》の各砦に集まった坊主衆や農兵が、つまるところ織田軍の数万という触れに驚いて逃散してしまったようだ。

そこで悠々府中に入ると龍門寺に本陣を置いた。

龍門寺は、永仁・正安の頃（一二九三―一三〇一）禅僧悦岩宗禅《えつがんそうぜん》によって開かれた寺で、寺域は東西四十四間、南北五十間という広さである。国府の南郊にあったことから、軍事上の拠点となり、信長は朝倉攻めのときもここを本陣とした。

「先ず町中を焼き払い、一揆の首領、下間頼照《しもつまらいしょう》を生け捕ってこい」

という厳命に、市内の寺々、周辺の寺々を焼き打ちし、家並みにも火を放った。

ただでさえ暑い陽の下、そこへ燃えさかる火の海に、門徒や一般の町衆が入れまじって右往左往逃げ道を探すばかりだ。

その逃げ惑う老若男女を、見境なく斬り捨て、あるいは撃ちつづけた。

するとやがて血の帯が小川のようになり、その上に屍が土塁のように重なった。

「退《の》け、退け」

野太い声がしたと思うと、数人の武者が太縄を引いてくる。何かと見ると、縄の後ろに十数人の僧が地べたを引きずられてくる。

既に衣は破れ、顔も頭も血を流し、死体のように見うけられる。ところがよく見ると、僧の両掌に穴がうがたれ、その掌《てのひら》に通した太縄でいわば数珠繋ぎにされて地を引き廻されているのだ。三十人縄、四十人縄という僧の虐殺である。

それればかりではない。龍門寺の境内では、二基の大釜に湯をたぎらせて、その中に捕えられてきた老若男女を次々にほうり込むという煮殺し、つまり釜炊《かまた》きの虐殺がつづいた。

それを指揮しているのがなんと利家である。諸肌《もろはだ》脱いだ利家が、まるで魚を煮るように投げ入れる顔は日頃の利家ではない。

釜炊きばかりではない。火《ひ》炙《あぶ》りから斬首、何十人縄という僧の虐殺等々、その全てに利家は手を染めた。信長のいわゆる「根切り」を、そこまで徹底してやったのが利家である。

「あんな酷《むご》いことを、次々とやる男じゃとは思わなんだぞ」

「越前衆から怨まれようなあ」

さすがの兵たちも、戦さに疲れ、獣扱いの殺戮に心身共に萎えていた。

釜場から離れた利家は、びっしょりの汗を流しながら山門を出た。

陽は西に傾きかけ、斜陽が焦土を朱くしていた。その焦土に林立する柱には、腐り出した骸《むくろ》がぶら下がり、そこへ無気味な声をあげて烏《からす》が群がっている。

この光景は、長島や設楽ヶ原とは異なって見えた。どこか異国の原野で起こった天変地異に、大小の獣たちが一斉に倒れて屍を晒しているようだ。その上を、腐臭の風が吹き抜ける。

そのとき、

「お助けを」

と微かな声がしたように思った。振り返ると前をはだけた五、六歳の少女が一人立っている。涙も乾き、放心したような少女は、相手が誰とも知らず声をかけたようだ。

瞬間、この顔をどこかで見たような気がした。利家の記憶の中から映し出されたのは遠い昔のまつの面影であった。

その面影は、蕭《しょう》、麻阿《まあ》、そして秀吉に与えた娘の顔に重なり、我に返った。そして自分がこれまで何をしていたかに気がついた。

「家はどこじゃ」

と訊いてみたが、四方一面の焼け野が原である。とはいってもこの幼女を屯所へ連れ帰るわけにはいかない。

だからといってこのまま放置すればいずれ殺《や》られるだろう。おそらく恐ろしい敵とわかっていながら、それでも縋《すが》ってきたのだ。

利家の目に涙が湧いてきた。この幼女一人を助けられない自分である。懐を探ると昼の握り飯が一つ残っていた。

「これを食べて、どこぞへ逃げよ。きっと逃げよ」

逃げることなぞ出来るはずはない。それでもそう言うしかないのだ。幼女の側を離れた利家は、腹の底から自虐の悲しみに襲われた。

(わしは長島の時よりもっと外道《げどう》になってしもうた)


その利家に与えられた戦後行賞は、三万三千三百石という加増で、荒子の知行と併せると三万五千七百石である。

三万三千三百石というのは、越前の南条・今立二郡十万石を、利家、成政、不破光治に三分したもので、三人を「府中三人衆」と呼び、越前五十万石の総括支配、柴田勝家の傘下となる。

第七章 ❖ 北の荒風

（一）

「おめでとうござる」

「おめでとうござる」

祝辞の砲火を浴びながら、利家、成政、光治の三人が龍門寺本堂の内陣に胡座している。

しかし本堂や境内を埋めた兵は、暑さと老幼男女の無差別殺戮《さつりく》に心身ともに疲れ切っている。

本当のところ、このままここで寝てしまいたいくらいだが、酒と飯にありつきたいのが本心だ。そうした兵に向かって、

「こたびは皆よう働いてくれた。長篠は鉄砲で片が付いたが、こっちは次から次と湧いてくる蟻を相手では鉄砲もならず、つまりは一人一人手にかけることになり、大いに疲れた。

したがようやってくれた。お陰でわれら三人府中を預り、柴田殿の北ノ庄とともに北陸の目付けとなった。よって今日は思う存分呑んで骨を休めてくれ」

と内陣から立ち上がって言を吐いたのは成政である。

それからは焼け野が原のどこで調達してきたものか、酒と肴と白い飯が大いに振る舞われた。

「ふーっ、旨い。旨いのう、この酒は」

男は顔を引き攣《つ》らせながら碗をあげた。

「そりゃ暫く酒にはありつかんじゃったからのう。酒でのうても水でも旨いぞ」

「何言うか、酒でのうてどうする。われらのお陰で、あの三人があそこに坐っとるわ」

「したが利家殿があんなに酷いことをやれる男じゃとは思わなんだ」

「うーん、わしらもそう思うた。人はやっぱりそういう場になってみねばわからん。温《ぬく》そうに見えて実は鬼じゃったり、鬼かと思えば観音じゃったりのう」

「わしら、いかに戦さじゃからというても、あんなに人は殺せん。しかも釜茹《ゆ》でや、坊主の数珠引きなんてのは、まともじゃねえ」

「それからみりゃあ、設楽ヶ原の戦さは本当の戦さらしい戦さじゃった。武田の騎馬団とこっちの鉄砲射撃は、言うてみれば戦国の戦さの華じゃ。

したが一向一揆は、坊主と百姓相手じゃけ、こりゃあ、ほんまの戦さじゃねえわな」

「そんな者相手に頑張って、大名になるなんざ、ま、本当の大名じゃないわさ」

兵たちはそんなことばも交わし合う。そして夕刻、府中周辺の集落の各所に引き揚げていった。

その間利家らは龍門寺で湯浴みを済ませ、奥の部屋に一人ずつ入った。

戦勝・加増といっても、南条・今立二郡十万石を三分し、これから築造の府中城を相持ちということに三人三様の思いがあり、表情が晴れないようだ。

「わしと利家・光治を一緒にとは何ということじゃ。一体殿はどこを見ておられた」

成政は部屋に入るなり不満をぶちまける。酒のせいじゃと、家臣たちははらはらしながら成政を寝かせつけようとする。

利家は利家で、成政の気持ちがわかるだけに腫《は》れ物に触る思いだ。

「横になられますか」

近侍に言われて布団の上に横たわった。

まだ薄明るいのに、虫の音が聞こえてくる。

「ふーっ」

思わず大吐息を天井に向けた。と、近侍が慌ててまた入ってきた。

「只今、荒子より急使が到着いたしました」

「なに、荒子からじゃと」

反射的に体が起きた。

(何かな?)

思い当たることはない。

廊下に足音がして、

「荒子より急ぎ参じましたが、よろしゅうございましょうか」

戸の外で声がした。

「よい、入れ」

「庄内儀助にござります。昨夜、奥方様にはめでたくご安産」

(ああ、そのことじゃったか)

ほっとした。何かの変事でもあれば、直ぐにも引き返さねばならぬと内心案じていたところだった。

「して、どっちじゃった」

「姫様と伺いました」

「姫か。そうか、ご苦労じゃった」

「それでは」

　退がろうとするところを、

「そちは以前、勝家殿の足軽ではなかったか」

　と訊いてみた。

「はっ、左様にございましたが、殿が荒子のご城主になられました折、たって勝家様にお願いいたし――」

「そうじゃったか」

　儀助はまだもじもじしている。

「なんじゃ、まだあるのか」

「こんなことを申し上げるのはいかがとは存じますが、殿が清洲の長屋におられました頃、実はその長屋におりましたもので」

　利家の十阿弥事件もその折知ったが、儀助はその頃の利家に惹かれたとまでは言わなかった。

「それから大事なことを忘れるところでございました。姫様のお名を伺ってこいと」

「ああ、そうじゃな。それでは一、二日ここに滞在してくれ」

「承知いたしました」

と儀助は姿を消した。

（またしても姫か）

正直なところ気落ちした。倅は十四歳になった犬千代一人、これでは心細い。まだまだ男を産んでもらわねば。

またも吐息をつきながら仰向けになった。目をつむるといよいよ虫の音がしきりである。

それに蚊遣りの匂いでふっと眠気がさしてきた。と、その網膜に、

「お助けを」

と府中の焼け野が原で利家に縋《すが》った少女の姿が蘇り、睡魔が引いた。

（あの小娘は生きていようか）

戦場で縋る小娘を助けもやらず、握り飯一つで追い払った自分に、また娘が産まれた。

（もしかしたら）

あの娘の生まれ変わりやもしれぬ。そうなると、わしにはもう男《お》の子は恵まれぬ

かもしれぬ……。

そんな思いにつまされながら、瞼の裏の赤児の顔に、あの小娘の面影を重ねた。

明くる日、利家は犬千代からこんなことを告げられた。

「父上、府中の焼け跡に、父上の名が刻まれております」

「わしの名じゃと。どこに刻まれておる」

「それが……」

と口ごもったのはあまりに悍《おぞま》しいからである。焼け残った土塀や焦げた木に刻まれた文字は「鬼」「魔」「怨」であり、同時に前田利家の名が刻んであるという。いかに悲情なことをやり、いかに怨まれたかを如実に突きつけている。

「そうか、わしの生涯の過ちよのう」

これから勝家と共に、越前の復興に当たらねばならぬとき、その「怨み」と「利家」の名は消さねばならない。

「犬千代、それを消し拭《と》れ」

「はい、心利《き》いた者と一緒に、全て消し拭ってまいりましょう」

持つべきものは息子である。親の恥を責めもせず、ひたすら親をかばおうとしてくれる。

（いい奴じゃ。近々、元服させねば）

それから十日ほどがたって、龍門寺の書院で犬千代の元服が行われた。十四歳の犬千代改め、前田孫四郎利長《としなが》である。この元服に、勝家はわざわざ祝いの使者を送ってきた。

そして返礼に、今度は利長を伴って北ノ庄に出向いた。その頃勝家は、城地の選定を、吉野川と北ノ庄川の合流点に求め、築城にかかっている最中であった。

当座の屋敷に入ると、まずもって利長の返礼を行った。

「やあ、楽しみじゃのう利家殿は。立派な跡取りがおられて。それに姫方も多く、ほんとに子福者じゃ」

と厳《いか》つい顔を綻ばせた。齢《よわい》五十四の勝家の頭は霜が降りたようだ。

「ところで来年から殿は本拠を湖東《ことう》の安土山《あづちやま》に移される。そこでどうじゃ利長殿を安土に伺候させては」

「それは有難いお心遣い、今度殿にお会いした折はそのように」

と二人は年来の友情を温め合い、若い利長を励ました。

「したがまだ加賀の一向一揆や、越後の上杉がいるからのう。ひと戦さどころではない」

と勝家は苦笑いした。話の区切りがつくと、

「おぬしと秀吉は若い頃からのいわば朋友。じゃからか、その秀吉に、おぬしは姫を一人養女に出されたようじゃが、どうであろう、わしの所へも一人頂戴できまいかの」

と言い出されてハッとした。いかに子沢山とはいえ、子を手放したときのまつの悲しみが身にしみているからだ。

「妻がなんと申しましょうか。秀吉殿には清洲の頃、いろいろ世話になったもんじゃから」

「いやいや養女ということではない。姫の一人を、わしの身内に奥方として迎えたいということじゃ。急ぐことではない。姫が大きゅうなられたときのことじゃ」

「ハハハ……そうでござったか。いずれ娘は家を出るもの。こちらの方からお願いつかまつることになるやもしれませぬわ」

つられて笑いながらホッとした。

「ところで秀吉のことはともかく、成政ともうまくやって貰いたい」

「成政殿と? 別に揉《も》めたりなぞはいたしておりませぬが」

「それならよいが、まあ、成政は直情的な男じゃからのう」

二人の違和感を、勝家はちゃんと見抜いている。

「それからみれば、秀吉は人誑《ひとたら》しと言われるくらいじゃから計算高い」

と呟くように言う。その言辞に、秀吉嫌いが感じとれる。

秀吉の小賢しさと軽さが、勝家の肌には合わぬようだ。いや、もっと軽みの奥にうごめく野心までも嗅いでいるのかもしれない。

㈡

越前府中に移ってからは、勝家に従って体の安まる暇もない。

まず加賀の一向一揆攻めと、上杉謙信である。

天正五年（一五七七）七月、謙信が越中境の倶利伽羅《くりから》峠を越えて能登に侵攻、七尾《なお》城に迫ってきた。

七尾城は能登の守護、畠山氏の居城である。しかし、当主は幼く、それに重臣たちの勢力争いで揉めていた。

そこで重臣の一人、長続連《ちょうつぐつら》は一子、連龍《つらたつ》を城外に放って信長に援軍を求めた。

ところが重臣筆頭の遊佐継光《ゆさつぐみつ》が、抗戦派の長一族を皆殺しにして、七尾城を謙信に明け渡してしまった。

それと知らず信長は、七尾から駆けつけた連龍の請いを入れて、勝家に命じ、府中三人衆ほか金森長近・原長頼ら大野衆、それから秀吉、丹羽長秀、滝川一益らを七尾救援にさし向けた。

ところが加賀の手取川を渡ったところで、七尾が開城したことを知った秀吉は、

「無駄なことじゃ」

と兵を連れて勝手に長浜に引き揚げてしまった。

「なんじゃと、秀吉が引き揚げてしもうたと！」

北陸方面総指揮の勝家に断りもない、勝手な軍律違反に勝家は激怒した。

「奴はそういう男じゃ」

と憤懣《ふんまん》をたぎらせながら勝家は軍列を北上させた。ところが、津幡《つばた》まできて、越後勢にさんざんな目に会い、とうとう敗退を余儀なくされて引き揚げざるを得なくなった。これが信長の耳に入り、秀吉の引き返しが逆鱗に触れた。

「禿鼠奴《ねずみめ》（秀吉）、うぬの首は西国征伐まで繋いでやるが、それから先はないと思え！」

の一喝で、秀吉は直ちに中国へ向かわされた。中国攻略の始まりである。

一方、北陸はいよいよ風雲急を告げ、謙信対信長の激突が越中・加賀辺りで展開される読みとなった。

ところが翌天正六年（一五七八）五月十三日、突然の訃報が人々を驚かした。謙信が頓死したというのだ。

「さぞや殿はホッとされたじゃろう」

「そんなことが安土に聞こえてみよ。これじゃよ、これ」

と男たちは首を刎《は》ねられる仕草をした。

ともかく謙信の死が北陸人《びと》を安堵させたことは確かだ。戦さの神と言われる謙信と、虐殺魔王と恐れられる信長の激突ほど恐怖を抱かせたことはない。

そういう意味で、謙信の死は越中・加賀のみならず、勝家の越前衆にとっても天佑《てんゆう》であった。

それから二年後の天正八年（一五八〇）三月、十年かけて争ってきた石山本願寺がようやく信長と講和した。信長の実質的勝利である。

それにあわせるように、北陸でも勝家が加賀の最後の砦、鳥越《とりごえ》城を屠《ほふ》って、加賀の一向一揆を平定した。

信長はここで佐久間盛政を尾山《おやま》（金沢市）に、明けて天正九年（一五八一）、利家を能登に配した。能登二十三万石である。越前府中の戦さから六年がかりだ。もっともその間には秀吉の掩護として、摂津・伊丹・因幡辺りまでも参戦した。

こうして畠山氏の旧居七尾城に入ることになった。

「おめでとうござる。今度こそまさに殿でござるのう」

まさに殿とは、越前府中を三人で相持ちしていたのとは異なり、一国二十三万石の独立した大名ということである。

その喜びは家臣のみならず、利家自身が一番身に沁みている。感無量である。

「殿ー、殿ー」

家臣たちの声が、がらんとした七尾城の中に響き渡る。

「おー、ここから遙かに海が見えるぞー」

「海かあ」

「やっぱり海はいいのう。気持ちがすうっと洗われるようじゃ」

家臣たちは階段を踏んで、思い思いに狭間越しに遠望を楽しんだ。

夕刻、湯浴みをして部屋に入ると、夕餉の膳が用意してあり、村井長頼が控えていた。

「おう、長頼か」

「おめでとうござりまする。まだ肴らしいものも出来ませぬが、まずご一献」

と銚子の口を差し出した。

「おぬしとは稲生原《いなお》の戦さ以来じゃから何年になろう」

「そうでございますねえ」

長頼は宙を見つめながら指を折った。

「二十五年になります」

「二十五年か。それでは草臥《くたび》れるのも仕方ないわ」

「殿はまだまだ、これからでございまする」

「何を言うか、わしはもう四十三ぞ。ほれ、この辺りに白いものがちらつき始めたではないか」

と言いながら揉《も》み上げの毛を引っ張ってみせた。

「したがわしはそなたに何度か命を助けてもろうた。ああ、そうじゃ、天満《てんま》の春日《かすが》井《い》堤と長島じゃった」

利家はこうして家臣たちと酒を呑みながらの戦さ話でも、決して府中の戦さを口にはしない。

「ところで奥方様やお子たちをいつこちらに」

「うーむ、そのことじゃが」

荒子からまつや姫たちが府中に移って五年、温暖な尾張荒子と違って、越前府中の冬は長く、寒さも厳しい上に降り積む雪の量《かさ》に初めのうちは難儀した。

しかし馴れとは不思議なもので、その雪や寒さもさほどこたえなくなってきた。

それにこの五年間にまた子がふえた。利家待望の二男正千代と五女与免《よめ》である。

子らのうち、豪は生まれると直ぐ秀吉夫婦の養女となり、三女の麻阿は、勝家の請いによって、甥の佐久間十蔵の婚約者として北ノ庄城へ送った。

ということは、勝家、秀吉双方とも姻戚ということだ。それも利家の方から頼んだものではなく、勝家、秀吉から頼まれてのことだ。

いずれも政略というより、友誼を優先したという考え方であった。

まつが二人の娘を手放すことに敢えて反対しなかったのは、そうした関係を信じたからである。

そういうわけで、府中のまつの側には嫡男利長と二男正千代、そして五女与免《よめ》がいる。

その一家を直ぐ七尾にというわけにはいかない。なぜなら越前府中を空けるわけにいかないからだ。それにまだある。

「のう長頼、ここが畠山氏の跡じゃからというのではなく、ここは少し不便ではないか。そこでこの際、港に近い小丸山に新城をと考えている」

「ああ、なるほど、それはいいご思案にございます」

「そうか。なら、わしが図面を描いてみよう」

そんなわけで、まつを七尾へ呼び寄せる話は中断した。

「暑い暑いと思うていたが、もう秋じゃのう。思えばだんだん北へ北へと移ってきたわ。そのせいか、涼しゅうなるのも早い」

「ところで殿」

長頼は呼吸を見計らったように言い出した。

「佐々殿のことでございますが」

㈢

越前府中三人衆の一人として柴田勝家の傘下にあった成政が、「越中の神保長住《じんぼうながすみ》を助勢せよ」という信長の命令で越中に入ったのは、昨天正八年（一五八〇）の秋である。

長住は、越中中部に勢力を張っていた守護代、神保長職《ながとも》の子で、上杉への帰属をめぐって父と対立し、信長を頼った。

信長はこの長住を越中支配に備えて保護し、妹まで妻合《めあ》わせた。

こうして信長から付けられた加勢者を得て元気づいた長住が、越中中部一帯を勢力範囲に収めるようになったとき、上杉謙信の跡を継いだ景勝が新たな脅威となってきた。

翌天正九年（一五八一）二月末、信長は京で大馬揃えという大観兵式を催行し、織田の兵力を朝廷・公卿衆に見せつけた。

その留守に付け込むようにして上杉景勝が越中へ来襲してきた。

それと知った成政は、慌てて越中に戻り、織田方の最前線、小出《こいで》城の危急を救った。それから越中各地を転戦して一向一揆を制圧し、富山城に入って越中の全権を握ることになった。

こうして北陸では越前・柴田勝家、加賀・佐久間盛政、能登・前田利家、そして越中・佐々成政という配置が確立した。

明けて天正十年（一五八二）三月十一日、信長が宿敵であった武田勝頼を天目山《てんもくざん》に屠った。

しかし、越中はまたまた上杉の脅威にさらされてきた。越後の景勝が五千の精鋭を率いて越中の魚津城に近い天神山に布陣してきたのである。

そもそも越中は隣国・上杉の影響を受けている土地柄である。だから、越中の諸豪・国人たちが成政の侵攻に降ったといっても、いつでも離背し、上杉に帰属するところがある。

そこで柴田勝家、利家、成政、盛政らは海岸の魚津と鹿熊《かくま》山頂にある松倉城の間を遮断する位置に対陣した。

ところがここで利家を慌てさせたのは、上杉軍の能登侵攻である。即ち海路から能登に侵入、棚木《たなぎ》城に入ったという報せである。

利家は早速、長連龍《つらたつ》（長続連《つぐつら》の子で、信長に降った男）に一千の兵を付けて、七尾城にいる兄の前田安勝とともに棚木に向かわせ撃退させた。

魚津城攻防はそれから三ヶ月に及んだ。そこで信長は、滝川一益や森長可らに、上野《こうずけ》・信濃方面から一万の兵をもって春日山城に向かわせた。そうなると景勝は引き揚げざるを得なくなった。

上杉軍を失った魚津は大樹を失った孤塁である。それに三ヶ月にも及ぶ籠城に、肝心の食糧庫ががら空きとなり、その上矢弾も尽きてしまった。

悲愴感漂う城内で、城主河田長親は何度も会議を重ねた。かくなる上は、自決か降伏である。

そんな状況を感知した成政は、

「当方より人質を入れて、開城させてはどうか」

と言い出した。勝家もそれを容《い》れて、己が従弟の柴田専斎《せんさい》、そして成政の甥、佐々新右衛門を指名した。

この申し入れに城側は逡巡したが、受け容れることになった。

五月三十日、成政が二人の人質を伴い、魚津城にやってきた。城兵らが約束通り三の丸に移った途端、佐々勢がいきなり鉄砲の一斉射撃を始めた。それを合図に、城外にいた織田勢がどっと攻め入り、城内は大混乱となった。

「おのれ佐々、あざむきおったな！」

地団駄を踏んで悔やみ、憤怒の目を吊り上げた城兵は、専斎と新右衛門を真っ先に血祭りにあげ、織田勢の中に斬り込んで玉砕した。

二人の人質を送り、無血開城を約したにもかかわらず、一斉射撃と謀殺によって

落城させたことに、勝家の心はおさまらなかった。

「成政殿、なんということをしてくれたものじゃ。これでは武士《もののふ》の道にも悖《もと》ろう。後の世の語り草じゃ」

すると肩をそびやかした成政から、

「戦さとはこういうものではござらぬか。武士の道とやら言う情けをかけていては、われらの怪我もふえるばかりじゃ。

もしかしたら勝家殿は、専斎殿のことを楯にとって言うておられるのではないか。それはわしじゃとて甥の新右衛門を餌食にした。それでもわしは勝家殿のようなことは思わぬ。

戦さとは、いかなる手段をもってしても勝たねばならぬ。そういうものではござらぬか」

と逆襲されてしまった。

語る次元が異なる以上、この成政に更に畳み重ねて言う気はなかった。

戦い終わった城内は寂として声なく、折り重なり、血の帯を流している骸《むくろ》の上を、海風が腥《なまぐさ》く吹き抜けていく。

長島も設楽ヶ原も府中も同じ光景ながら、勝家の心の裡には勝利感がなかった。

「勝家殿」

「ああ、利家殿か」

勝家の目の奥が哭いている。その目は、府中の戦さを終えたときの利家の目であった。

「これからどうなされますか」

「そうじゃのう、せめてわれらは骸だけは丁重に葬ってやりたい」

途端、利家の体の奥から嘔吐のような感情が噴きあげてきた。

「うむ……」

「どうしたのじゃ」

勝家から気遣われれば気遣われるほど身をよじった。

「いや、発作でござる。暫くすれば治りまする」

と言い逃れたが、勝家の人間らしさに比して、府中での己が所業にまたまた自虐の念を覚えたのである。

翌日、魚津城兵の屍体を葬ると、勝家は城内で戦後処理の会議を開いた。

信長への戦勝報告と首帳の作成、それから越後方面への行動開始である。

「安土へはわしが走ってもいいが」

いかにも成政らしい発言である。

「いや、それは修理殿（勝家）が上られよう」

とすかさず利家は制した。

「したが魚津はわが領内じゃからのう」

まだ成政はこだわっている。

「わしが行く」

勝家の一言で成政は黙ったが、

「それではわしら、その間暫く骨休めでもさせてもらうことにするか」

と不貞腐れたように言う。

「骨休めどころか、越後境はどうする。上杉は魚津の怨みを晴らさんと仕返しをしにくるやもしれぬ」

利家のことばにすかさず成政は、

「たとえ何がこようと、こことこれさえ使えばこっちのもんじゃ」

と笑った。こことは頭であり、これとは鉄砲である。

それから暫く沈黙がつづいた。すると遠くから一騎の荒い馬蹄が近づいてくるのが耳についた。

（早馬じゃ）

その音はいよいよ近づき、城の下で止まった。

（なんの報せじゃ）

皆は一様に黙った。と、ややあって開いた大戸の外から一人の武者が早足に入ってきた。

「何者じゃ」

「はっ、京の二条城より早駆けをしてまいった岐阜中将殿の家人、羽島勘兵衛」

岐阜中将とは信長の嫡男信忠である。

「中将殿からとは珍しや、なんのことかな？」

彼等はこれまで信長の子息から使者を受けたことはない。それがいきなり京の信忠から急使を受けたのだ。

「去る（六月）一日未明、京・本能寺において、われらが大殿右府様（信長）が横死《おうし》なされました」

「おい、勘兵衛とやら、今なんと言うた」

勝家はキッと向き直った。

「右府様が横死なされました。その早打ちにござる」

「その横死とやらがわからぬ」

まさに青天の霹靂《へきれき》である。

「はっ、(五月)二十九日、本能寺にお入りになり、六月一日茶会をされた翌二日未明、明智光秀の一万余に囲まれ、自決なされました。そして同じ日、わが殿、中将殿も二条城にて」

勘兵衛はそこで絶句した。

「明智光秀が――」

異口同音に放った後、一同声を失った。

㈣

天正十年(一五八二)六月二日、京・本能寺における織田信長横死という報《しら》せは、北陸方面の部将たちのみならず、四方各地に散っていた部将たちに多大の驚愕と動揺を与えた。

それも麾下《きか》の重臣、明智光秀に討たれたということの衝撃である。

「まさかー」がやがて「うーむ」という肯定になり、反応は複雑だ。

なぜなら今や信長は、己を神と自称し、次々と宿老たちに難癖をつけて禄を剝ぎ、あるいは追放、あるいは成敗を突きつける専横ぶりである。

そんな強権と恐怖政治に、畏怖の念と反発を抱いていた諸将たちは、衝撃と一方では安堵を覚えたはずだ。そして光秀がどう動くかを見極めながら、己が行動を決しようとするだろう。

梟雄《きようゆう》斃《たお》れて、新たな混沌が始まるという予感である。

魚津の夜、利家はまんじりともしなかった。突然の信長の死をどう受け止めてよいものか。確かに動転はした。しかし、悲しみの感情は起こらなかった。それどころか、心の奥でホッとした安堵さえ覚える。

信長とは少年時代から青春を共にしてきた。そして尾張統一から上洛戦までの幾つかの戦さを重ねてきたが、信長の戦さに疑いを感じだしたのは長島からである。

「根切り」という命令のもと、無辜《むこ》の老幼男女を斬り捨ててきた。掌《て》を合わせて命乞いをした老爺の顔に、父や平蔵の顔が重なり、子を斬られた女の鬼相に、まつが重なる。

あんな非道がなぜできたのか。魂を売ったと人は言うたが、誰に売ったかといえば信長にである。

信長とは何者か——。信長は何を考え、何を命令したのか——。それを問いもせずに、ひたすら服従したのは信長への畏怖からであった。畏怖心ほど人を変えるものはない。その畏怖の念を解き放ってくれたのが光秀である。

すると急に涙が湧き、嗚咽《おえつ》がこみあげてきた。われながらどうしてこんな激情にとらわれるのかわからない。

「殿」

そこへ長頼が入ってきた。長頼は利家を見るなり、

「無念にござりまする」

と言った。そのことばに利家は我に返り、先ほどまでの感情の波が引いていくのがわかった。

「弔《とむらい》合戦をせねばなりませぬ」

「それどころではないぞ」

利家は長頼のことばを否定した、それより信長横死によって、各地に割拠する諸豪が再び野に放たれることになった。

北陸ではいよいよ上杉の来襲である。魚津の怨念をこめて、景勝の猛攻は必至で

あろう。

「七尾へ還る。七尾を守らねばならぬわ」

そう言う利家の網膜に、府中に残した妻子の姿が映っていた。

第八章 ❖ 首掛け山門

(一)

魚津から海沿いに常願寺川《じようがんじ》、神通川《じんづう》を渡って放生津《ほうしようづ》(新湊市)から舟に乗った。梅雨《つゆ》どきとて幸い海は穏やかだが、心の裡は時化《しけ》の前触れだ。

心配の種は利長夫婦の安否である。この年、利長二十一歳。信長の肝《きも》煎りだったため、長く待たされ、昨年の秋、信長の四女永子《なが》を妻に迎えたが、まだ八歳の幼妻だ。その永子を伴って京へ出かけたからである。

もう二十歳《はたち》を過ぎていれば、どこで何が起ころうとそれなりに対処できなければならないが、なにしろ永子は信長の娘である。戦乱に巻き込まれねばよいが——。

利長付きの荒子の老臣たちが姫だけは守って、荒子か府中へ連れ帰ってくれることを祈りたい。

次に京の情勢はどうだろう。本能寺を襲った光秀に、細川や筒井ら光秀の与力大名たちも加勢しているだろう。

(したが勝家殿や秀吉はどうしている……)

そんなことを思いながら舟は越中と能登の国境《くにざかい》、大境《おおざかい》に着いた。そこからは海岸線を辿ってひたすら七尾を目ざす。

柑子《こうじ》山から峠越えをして七尾に入ってきた。城郭はほぼ出来上ってはいるが、独立した城を造るのは初めてだ。そこで秀吉の長浜城のように、畠山氏の旧城の石を引いてきた。しかし、思ったより工事が進まないのは、冬の風雪のためである。北陸の積雪の深さと颪に、地上の動きが停止する。

越後武士の強さが、この寒冷と風雪の中に鍛えられることをここで実感した。そこでわれらもこの七尾で、忍耐力を付けなければならない。

城に入る早々、鎧も解かず利家は、

「あれから異状はなかったかの」

と留守を守ってくれている兄利久に訊いた。すると利久に代わって奥村永福《ながとみ》が、

「ございます。右府様（信長）横死の報に、遊佐《ゆさ》、温井《ぬくい》、三宅の残党が、上杉や石動山《せきどうざん》の僧徒を動かし、荒山《あらやま》峠に山砦《さんさい》を構えております。戦さにございます。猶予はなりませぬ」

と目尻をあげた。奥村永福は十三年前、荒子城主利久の若き家老であった。利家が兄利久に替わって城主となったとき、城中を掃き清めて潔く利家に城明け渡しをやってくれた。

以来暫く利久と永福は利家から離れたが、府中に現われ、利家に付くようになった。そして、今や利家の有力な家臣である。

「抜かられぬのう」

「はっ、今日はお休みいただいて、明日にでも」

と利家の鎧をはずす手にも実直さが伝わってくる。

その夜利家は前後も忘れて眠りに落ちた。魚津攻略、信長頓死、そして七尾帰還と、心身共に疲れ切った。その上の難題である。

明くる朝、なかなか目が醒めなかった。戸の外から聞こえる話し声に気がつき、ガバと起き出して戸を繰ると既に陽は高い。

「お目覚めにござりまするか」

近侍の声に、

「今何どきじゃ」

と庭の陽光に目を細めた。

「もう午近うござりまする」

（そんなに寝たか）

我ながら苦笑せざるを得ない。

午餉《ひるげ》をとっていると、永福が入ってきた。

「どうじゃ、荒山峠の方は」

「四千余りの兵かと見えまするが」

「四千ぐらいなら何とかなるが、問題は石動山じゃ」

石動山とは、能越国境の宝達《ほうだつ》丘陵の一峯、真言宗古刹、天平寺のことである。大宮坊の指揮下、三百六十余に及ぶ各坊でおびただしい僧徒が修験と武技を練っている。それらは僧兵となって、加賀の白山と並ぶ能登の一大勢力となっている。

その石動山を取りこんで、畠山の遺臣や上杉勢が七尾攻略へと挑んでくるのだ。

「富山の佐々殿に早速加勢を頼まねばなりませぬ」

「いや」

利家は反射的に拒否した。

「何ゆえにござります。佐々殿は隣国にござりまするが」

「よいのじゃ」

言下に斥《しりぞ》けられ、永福は首を傾げた。利久付きだった永福は、利家と成政の関係を知らない。それに非情の魚津城攻めについても知り得ない。

「それではどちらに加勢の使いを」

「尾山（佐久間盛政）へ飛ばせ」

利家は海に目を転じた。第二の魚津になるわけにはいかない。それに、第二の魚津攻めのようなこともできない。

それにしても勝家殿は今どこにいるのだ。そして秀吉は——更に明智光秀はどうなっている……。

利長と永子は無事危難を免れたであろうか。それらが頭の中を駆けめぐる。しかし、今のところ、どこからも何の報せも入ってこない。その不安が更に心を重くしている。

梅雨の雨が打ち、城から眺める山野は重く沈んでいる。それに海も光を失い茫々と鼠色の空の下にくすんでいる。

尾山に急使を走らせてからもう七日も過ぎた。使者は確かに承知の書状を持って戻ってきたが、今に至るも馬蹄の音が聞こえない。

（まさか……）

盛政の加勢に疑心暗鬼になっているのは利家ばかりではない。重臣たちも気が重いのか、利家から遠ざかっている。

そしてどうやら長雨が久しぶりに止み、陽が山々の緑に生色を与え出した。すると午《ひる》を十分廻った頃、南の方角から遠雷のような音がしてきた。

「尾山からではないか」

「そのようじゃ」

家臣たちの声がする。利家にもそのように聞こえる。遠雷はやがて怒濤のように
なって七尾城にやってきた。

「おう、佐久間軍じゃ。頼もしいのう」

家臣たちは一斉に城の外に出ていく。

「殿、遂に佐久間軍が現われました」

「雨の晴れ間を待っておられたのじゃ」

それから二日後、「槍の又左」の異名をとる利家軍と、「玄蕃《げんば》」の名で呼ばれる佐
久間盛政軍が津波のように荒山峠に襲いかかった。

その勢いに呑まれたか、荒山砦はあっという間に崩れ、死傷者を残して四散して
しまった。

「この分では石動山も大したことはあるまい」

そう言う佐久間玄蕃盛政と共に七尾城に凱旋した。

その夜の酒宴は大いに盛りあがり、久しぶりに七尾城は沸いた。

「遠路忝《かたじけな》い。お陰をもって峠を蹴散らし申した」

謝意を述べれば、

「いやあ、これはわれらの力ではない。やっぱり前田軍の力じゃ」

と驕るところがない。既に四十の半ばを過ぎている盛政の鬢《びん》は灰色である。

「それで石動山へは何時頃《いつ》」

早酔いの盛政は目を瞬《しばたた》いた。

「石動山は本拠じゃから、荒山のようなわけには参らぬ。そこでじっくり様子をみてからと思うているが」

「となると、尾山を空けておくわけにはいかぬのう」

盛政としては、同じ北陸の誼《よしみ》として、戦さの加勢を付き合ったという思いである。それよりいつ勝家の方から出兵の催促を受けないとも限らないのだ。そういうことで盛政は、二日ほどして引き揚げていった。

そうなると暑い真夏の空の下で、援軍なしの自力の戦さをしなければならない。思い出すのは稲葉山城攻略と叡山の焼き討ちである。いずれも秀吉の戦術――、焼き討ちである。

石動全山三百数十の寺坊をどのように焼き払うか――そのとき頭に閃いたのは、

荒子時代、秀吉の伝で知った伊賀の忍びたちである。

（奴らを集めるか）

そうと思い立ったら気が急《せ》く。

「どうじゃ、この戦術は」

利家は長頼にこっそりと打ち明けた。

「よろしゅうございましょう」

長頼も賛成した。石動山に散在する三百数十の寺坊を相手では、こちらが参ってしまうだろう。かくなる上は、夜陰にまぎれて火を放ち、焼き討つしか手はない。

㈡

その夕刻、薄暮の静寂《しじま》を破って二、三騎の荒い蹄の音が近づいてきた。

「注進！　注進！」

荒々しく入ってきた騎馬武者の旗印は白地に黒の二雁である。

「柴田殿からの注進でござる」

「おう、待っておったぞ」

利家はほっとしながら三人を広間に迎えた。

「明智の本能寺襲撃とはどういうことじゃ。そして勝家殿はどうなされた」

喉を潤して人心地のついた三人は、息を整えると板敷きの間に着座した。

「まず明智殿の本意はわかりませんが、乱は失敗いたしました」

一人が進み出ながら報告した。

六月二日、光秀は明智一党を率いて暁闇の本能寺を襲撃、主君織田信長を斃《たお》し、つづいて信忠も二条城で自決した。

それから光秀は京の織田軍を掃討して安土に入り、与力大名たちに呼びかけていたところ、十日、電撃的な報せを受けた。羽柴秀吉が中国から引き返し、京に近づいているというのだ。まさかのことが出来《しゅったい》した。これでは軍を立て直す時間がない。

秀吉は弔合戦という名分を旗印にして兵力を倍増、津波の如く東上してきた。その秀吉軍と激突したのが十三日、洛南の山崎であった。

しかし、加勢を得られず孤立した明智軍は、とうとう潰滅、光秀の生死も不明となった。

ということは、光秀の天下もたった十一日間だったということになる。

ではその間、勝家はどうしていたか。勝家らが魚津城で早馬の報せを受けたのが本能寺の変から三日遅れの六月五日。それから軍議を終えて北ノ庄に戻ったのが九日夕である。

厳しい魚津攻略戦、それも従弟の専斎を失い、その上信長の急死を知らされた六十二歳の勝家は、心身共に疲れていた。

そして再び兵を立て直して近江柳ヶ瀬《やながせ》に着いたときは、既に秀吉による光秀征伐が終わっていた。山崎の合戦に遅れること三日だった。

それから十一日後の六月二十七日、尾張の清洲城で本能寺の変の戦後処理について会議が持たれた。

信長の遺子次男信雄《のぶかつ》、三男信孝。それに勝家はじめ並居る諸将たちも、秀吉の高圧的な態度とことばに押された。光秀討ちの山崎合戦を成功させた秀吉は、今や信長の遺子や宿老たちを圧する立場となった。

即ち、信長の跡目相続には、二、三男の信雄・信孝をさしおいて、まだ稚《おさな》い三歳の三法師（信忠の子）を、更に所領配分も秀吉の提案通りとなり、勝家の新領は、秀吉の旧領近江長浜という屈辱的なものとなった。

「そうか、大儀であった。ゆっくりしていかれよ」

巨星墜ちて、次代の胎動のうねりを否応なしに予感させられる。

「これでは光秀が、禿鼠（秀吉）のために天下を用意してやったようなものではないか」

「結果的にはそういうことになろう」

「それにしても勝家殿に、禿鼠の古巣とは馬鹿にしたもんじゃねえか。さぞ勝家殿は無念の思いを嚙みしめておられよう」

「したが、このまま禿鼠の思いのままという訳にはいくまい」

「ということは、禿鼠と勝家殿の天下取りということか？」

「天下取りなどそう簡単にはいくまいが、禿鼠と勝家殿が織田家の誰を旗印にするかで旗色が変わろう」

そうした家臣のやりとりを利家は黙って聞いていた。彼等のことばには、秀吉への反発と侮蔑がある。

確かに北陸衆は、勝家の組下である。だから、家臣たちの言うことは尤もである。ただ、利家の感情は別にあった。秀吉への親愛である。

清洲時代、「犬」よ「猿」よと言われ、長屋の頃は利家の方が世話になった。その秀吉から子どもを請われ、つまりは四女を養女として与えた。それゆえに、秀吉とは仮初《かりそめ》にも敵対なぞできぬ関係である。

それは勝家とて同じである。秀吉との関係を知ってか、勝家からも娘を請われ、三女麻阿を、勝家の甥、佐久間十蔵の妻《おく》に嫁った。

だから、どこで何が起ころうと、勝家と秀吉が争うことがあってはならない。そんなことが起ころうものなら、利家の立場はないのだ。

「この先、どうなりましょうや」

黙したきりの利家に長頼が声をかけた。

「ああ、勝家殿と秀吉が敵対することはあるまい」

「そうでござりましょうか。それはちと甘うはござりませぬかのう」

「甘いかもしれぬが、そうでなければわれらはまこと辛い立場になる」

そう言われて長頼は、利家の胸の裡に気づいた。

（そうじゃ、両家には殿の姫が……）

勝家からの使者が引き揚げると、城内は元の関心事に戻った。能登の元守護畠山氏の旧臣や、古い豪族たちの反撃をどう打ち砕くかという問題である。既に、六月半ばには尾山の佐久間盛政の加勢を得て荒山峠で撃退したところだ。

そして次はいよいよ石動山三百数十坊の焼き討ちである。

七月二十七日、暁闇を衝いて、かねてから七尾に呼び寄せていた伊賀の忍び五十人を放った。

忍びにとって、夜陰、石動山一帯に張りめぐらした柵縄《さくじょう》を掻いくぐるなどお手のものである。そして堂塔伽藍《がらん》や僧房に片っ端から火をつけた。

寝込みの出火に狼狽した僧徒たちは、素手、裸足のまま外に飛び出した。すると、なんと石動山に点在する堂塔が一斉に炎をあげているではないか。

炎は風を呼び、みるみるうちに全山を焼かんばかりの炎の海と化していく。このとき僧侶や僧兵たちは、この火が何であるかを悟った。

「戦さじゃ、前田の手の者の仕業じゃあ」

と喚きながら逃げまどう僧徒の先には、前田の軍勢が立ち塞がり、夜目にも白い銀刃が空を斬る。

「うおーっ、うおーっ」

と叫ぶ声は、攻め手の前田勢か、逃げ手の僧兵の断末魔かわからない。その間を縫うようにして、鉄砲の音が弾《はじ》く。

「成功でござりまするなあ」

永福は興奮を抑えきれない。

伸

「こんな術を覚えておられるとは思いもよりませんでした。石動山攻略には、どれほど時間と労力がいるかと、実は心配しておりました」

真っ正直な永福である。永福の頭には、正攻法しかないようだ。

「幾つもの戦さを見てきているからなあ」

炎に浮かぶ利家の横顔が仁王のようだ。

永福は、叡山焼き討ちもこのようなものであったろうと想った。

(もしかしたら殿は……)

ところが利家の頭にあったのは叡山ではなく、秀吉の稲葉山城攻略であった。

あたりが白みかけるのと同時に、火煙の色が白くなり、陽が上った頃には、全山濛濛《もうもう》たる白煙に包まれた。その白煙の中を、チラチラと動くのは味方の兵のみである。

陣幕に入った利家は、床几に腰を下ろすなり、

「首を集めよ。千集めるのじゃ」

と命じた。その目から青い炎が噴いている。

「首を――千も?……」

永福はびっくりした。

「そうじゃ、骸《むくろ》から掻き斬ってこい」

「したが石動山は全滅にござりまする。その首を掻き斬ってどうなされます」

「そのようなことを訊いてどうする。わしの命じた通りすればよい」

永福は返すことばがなかった。陣幕を出て、飯尾や猪子《いのこ》の姿を探しながら、ふいと彼等の雑談を思い出した。城中で酒を呑みながらの時である。

話題は戦さ話だが、それは非情の魚津城攻めのことであった。落城の後、利家が勝家の前で身をよじって哭いたというのだ。越前府中の戦さで、鬼か魔かと恐れられ、瓦や土塀に「怨」の文字を刻まれた非情無惨の利家がどうして哭いたのか……その涙は今もって謎だという。

(不可解なご仁じゃ)

戦火を見ると、鬼か獣になられるのか。斃れた門徒や焼け焦げた僧兵の首まで斬り取ってこいとは――。

それから二日後、焼け残った石動山の山門の左右に、鈴なりのように討ち取った僧兵や地侍、門徒たちの首が掛け並べられた。

「無気味なものでござるのう」

「晒しは何度も見とるがの、これだけの数は……」

「なにしろ寺の山門じゃから、ちょいと後生が恐ろしいわい」

「うーむ」

勝ち組の前田軍が、死臭を放ち出した青白い生首を見上げながら目を背けた。

「殿は見てござるのか」

「いや、それが一度も……」

「こりゃやっぱり故殿（信長）の手じゃのう」

「うーむ、そういうことか」

「人情家に見えてさに非ず。鬼かと見えて涙する。わからぬお人じゃ」

「したが戦さとはそういうものではないかの」

「そう言うてしまえばそれまでじゃが、殿はもしかしたら、故殿のようになられるやもしれぬぞ」

「……」

「だんだん似てこられたのではないかの」

「うーむ」

男は唸った。

「わしらはの、ただ殿の命ずるままに従《っ》いていくだけの足軽じゃが、それでもお前、犬・猫のようにただ従うているわけではないぞ。心があるんじゃ、じゃから人を見ている。大将という人間を見ている。

じゃから、ただの人殺しというだけなら、わしゃ元の百姓に戻るがよ。わしら危ない戦さに出て給金貰わんかて、田畑さえありゃ食えるでねえけ」

「そうじゃのう」

三十五、六歳の足軽である。荒子時代から戦さの折にかり出されてきた元百姓兵だ。それも温暖な尾張や三河から、北陸の府中、そして風雪に悩まされる越中や能登に従軍し、その戦さたるや、ますます非情無惨なものとなってきた。

「わしらはなあ、土豪や名のある家に生まれたわけやなし、じゃからいくら戦さに出ても出世などするわけがない」

「したが中村の秀吉はどうじゃ」

「ああ、秀吉だけは特別じゃ。今度も光秀討ちの総大将じゃったというから大したもんよ。したがどこまでいけるやら……ま、わしらに夢を見させてくれるか――」

足軽たちは、互いの本音を話しながら山門を背に引きあげていく。薄暮はいよいよ濃くなり、山門も足軽たちの姿も、利休鼠色の中に吸われていく。

第九章 ❖ 三つ巴 賤ヶ岳

(一)

府中を流れる日野川の水面《みなも》に霰《あられ》が打ち、見上げる日野山の頂きから紅葉が麓に降りてきた。

まつは火桶をふやして、孫たちへの綿入れ半纏《ばんてん》を縫いながら、またまた胎動を聞いている。しかし、目は手元を見ながらも、心は上《うわ》の空だ。

折角旧能登の勢力を抑えて一段落したと思ったら、信長没後、遺子信雄と信孝がそれぞれ勝家と秀吉を引き込み、抗争が表面化してきたからだ。

そこで勝家は、利家・不破勝光・金森長近を急遽北ノ庄城に呼びよせ、三人を安土にいる秀吉の許につかわした。趣意は、無用の戦さを避けなければならぬというものだ。

まつが心配するのは秀吉との会見である。直情型の利家と、調略型の秀吉がどんな話し合いをするかということだ。

秀吉の所にはわが娘《こ》がいる。たとえ顔も見ず乳も与えなかったといってもわが娘なのだ。数えてみればもう九つ、顔は見なくとも、五人の娘を育ててみれば、おおよその想像はつく。

（どんな娘に育っていよう）

一目も見なかっただけに、心が残っている。子のないねねに、精一杯可愛がられて育ったからは、さぞや賢い娘になっていよう。

（それでも豪《ごう》はわたしに似ているはず）

十月十日《とつきとおか》、腹で育てて、天井の桟《さん》も見えぬくらい苦しんだ中から産み落とした子だ。生母の意地がある。

それに、自分の手許で育っていたら——という自負もある。ねねが母親として劣っているというわけではないが、清洲長屋時代のねねを想い出してしまうのは未練だろうか。

ともかく、今その娘がしきりと気になるのは、勝家と秀吉の間が難しいからだ。仮初《かりそめ》にも戦さになったら、勝家配下の利家は秀吉と戦わねばならない。

実家と婚家、実父と養父が戦うなぞ戦国の世に珍しくはないが、それでもなんとかして避けねばならぬ。

それにもう一つある。豪の次姉の麻阿のことだ。十二歳になる麻阿がこの春、勝家の請いで、勝家の甥、佐久間十蔵の婚約者として北ノ庄城に入った。勝家との楔《くさび》である。

こうして勝家・秀吉双方に娘を送った利家である。だから、誰よりも双方の調停に努力してくるはずだが……。

利家が安土から北ノ庄城に戻り、勝家に報告した後、府中に帰ってきた。

「いかがでした、うまくいきましたか」

大玄関の式台に上がるのを待ち受けてまつは迫った。

「ああ、ともかく秀吉殿からえろう懐かしがられてのう。まあ、至れり尽くせりの歓待じゃった。

それから昔の、それ清洲の長屋時代を酒の肴にされてのう、えろうご機嫌じゃったわ」

「それは結構でしたが、肝心の調停はうまくいきましたのか」

「まあ、うまくいったかどうかはわからぬが、勝家殿というより、わしとの誼《よしみ》だけは大事にしてくれと逆に頼まれてしもうての」

そう言うなり部屋に入ると、大の字になった。

「まあ、お疲れですね。このままではお風邪を引きます。さあ、お召し換えを。それから火桶を足しますから」

とまつは侍女たちを走らせた。

その夜、利家は久しぶりのまつに震えるような肉欲を覚えながらも、頭の片隅でそれを抑えるものがある。今妊《みごも》っているまつの子が、また娘ではないかという不安からだ。

「秀吉殿は本当に約束なされたのですね」

まつは利家の膝に手を置いて確信を得ようとする。

「ああ、秀吉殿は、わしを苦しめるようなことはない」

そう言うと利家は寝床の上に倒れ、ごろりと寝返りを打ちながら背を向けた。そして、

「疲れたぞ」

と瞼を閉じて寝たふりをした。それからまつの寝息を待って唇を噛んだ。

「修理亮（勝家）殿への義はこれまでによう果たされたではござらぬか。それより寒い能登一国より、越中や加賀をお望みになってはいかがじゃ。いや、これはわしの駄法螺《だぼら》ではないぞ」

秀吉の甘言というより、独特の調略である。つまり、勝家への裏切りのすすめであった。

利家は不愉快になった。そういうことを聞きに行ったわけではない。秀吉が義ということばを使うなら、勝家・秀吉・利家三者の義を立ててくれとこちらが頼みに行ったのだ。それを秀吉ははぐらかした。

（やっぱり秀吉は）

思えば裸一貫、素手で生い立ってきた男に、義などという信条はないだろう。そこがわしと秀吉の違いかもしれぬ。

勝家は利家の報告を黙って聞いていたが、その顔には落胆も怒りもなかった。秀吉への期待など初めからなかったのだ。

（戦さは避けられぬかもしれぬ）

利家は悶々として何度も床の中で展転した。

七尾の海が珍しく碧々《あお》とした凪《な》ぎをみせたかと思うと、次の日は西の空が恐ろしいほどの鉛色となった。いよいよ吼える西風とともに風雪の季《とき》である。

その前触れとともに、府中の利長からの使者が飛び込んできた。

「羽柴殿には近江に出兵、柴田勝豊（勝家の甥）殿の長浜城を囲んで降伏させ、更に三万の兵を率いて大垣に進軍中にござります」

まさかとは思ったが、秀吉は利家らを見送った後、直ちにその挙に出たことになる。驚きはしないが、空しさが吹き抜け、勝家の心中が思いやられる。

大垣ということは織田信孝への挑戦であり、信孝を擁している勝家は当然これに参戦しなければならない。となると、いよいよ前田も出陣しなければならないときがきたようだ。

「そうか、大儀じゃった。して利長はどうしておる」

「はっ、いつでも出陣できるよう、態勢を整えられてございます」

荒子から府中に移り、北ノ庄と連携をとってきた息子が、勝家・秀吉・利家の因縁の狭間に巻き込まれていく。

(勝てるか)

思案するに、多分五分五分であろう。ということは、そのときの運任せということだ。

(秀吉よ、どうしておぬし、わしの頼みを聞き入れぬ)

いくらそれを呟いても、もう既に戦端は開かれているのだ。

利家は臍《ほぞ》を固めると鉛色の西の空を睨んだ。風雪がくれば、戦さは中止である。このままじっと雪籠りの中で、秀吉の仕掛けに、知らぬ存ぜぬを決め込みたいものだ。

時折夢にうなされ、夜空を見上げると、石動全山を焼いた炎が蘇る。それに燃えるような秋の山にも、炎の色を重ねたものであった。

しかし、今は一面白皚々《がいがい》である。雪国の美しさを今年ほど感ずることはない。いや、全ての罪業《ざいごう》を消去し、浄化してくれるような神々しさだ。信長の畏れた謙信が、この雪の中から育ったのも宜《むべ》なるかなである。

夕方になって酒と膳が運ばれてきた。

「奥方様が府中ではお淋しゅうござりましょう。今宵、見目よき女子を侍らせまするが……」

傍で永福《ながとみ》が囁くように言った。

「おお、永福、よう気が利くのう。したがそれは要らざる節介じゃ。そんなにいい女なら、そちのものにしてはどうじゃ」

利家は脇息に体を預け、酒をすすりながら笑った。

まだ三十二歳の永福である。荒子城で出会って以来、今でもその健気さと美形をひそかに愛している利家である。

「ご冗談を。私奴に女子は不要にございまする」

濃い眉と長い睫《まつげ》の永福が含羞《はにか》んだ。

「若いそちに女子は必要じゃ。したがわしに女子は不要。それよりこっちの方がずっといいのじゃ」

と利家は盃を持ちあげて笑った。

「そういうものでもございますまいに」

「いや、こっちの方が安心して酔えるではないか。それでますますこれに惚れとる。これがのうては楽に寝れぬ。女子ではのう、こんなふうに酔えんぞ」

「洒落《しゃれ》と承ることにいたしまする」

「洒落じゃと？　何を言う。わしが洒落など言えるものか。本音も本音、まことの話じゃ」

永福の酌を何杯か受けながら、

「わしはな、本当のところ、女の腹が怖ろしいのじゃ」

と利家はまじめ面をした。

「解《げ》せぬことを」

「こんなことはそちじゃから打ち明けるがの、わしの種が悪いのか、娘ばかり産まれる。実は来春また産まれることになっているが、これまた娘ではないかと今から案じておる。娘はどんなに可愛うても先のことが思いやられてなあ」

そこで利家は盃を置いた。

「そちも知っているように、北ノ庄と秀吉殿の所に、娘を二人遣わしている。それで頭が痛いのじゃ。娘とは頭の病めるものじゃよ」

永福は息をのむようにして口を噤《つぐ》んだ。

(二)

天正十一年(一五八三)の二月末、といっても能登は雪の中である。勝家の命を受けて、利長が人足を出して雪を除けつつ、勝家の先鋒となって近江に出陣したという報せが入った。

いよいよ秀吉と干戈《かんか》を交えることになった。まず、雪除けに手間をとられ、軍馬を進めたのは三月だった。

一面の雪野原に、一本の黒い北国街道が延々とのび、そこを人馬の列が粛々と動いた。そして四日目、北ノ庄を過ぎて一旦府中へ入った。そこで一日、人馬を休めることにした。

その夜、利家はかつての若き日のように身重のまつを激しく抱いた。この官能の愉悦なくして、明日の戦さはない。そんな利家に応えるように、まつも利家の肉体に溺れた。男を戦場に送り出すとき、ことばは不要であった。

ところが朝、武具を着けた利家が府中城の大玄関を出しなに、まつはきりっと利家の腕を取った。

「殿、どちらにもお就《つ》きになってはなりませぬ」

とまるで母が息子をたしなめるようだ。

「何を言うか、わしは勝家殿の組下じゃ」

「なれど、こたびは日和見《ひよりみ》をなされませ」

「日和見じゃと？　馬鹿なことを言うでない」

この期《ご》に及んで、やっぱり女は男の足を止めるか——利家は睨んだ。

「いいえ、殿の一存で、前田を滅ぼしてもよろしいのですか。苦しい戦さゆえに、どちらへも加勢せぬ。これも戦さのありようではありませぬか。

日和見で前田の立場をお貫きになればよろしいのです。それに、それに、豪と麻阿のことをお忘れなく。まつ、生涯のお願いにございます」

まつの把んだ手の力が、利家の二の腕に残った。

（女が賢《さかし》らに！）

利家は口を引き結んだまま大門を出ていった。

岐阜の織田信孝と伊勢の滝川一益からの援軍要請に発たざるを得なくなった勝家が、雪の中を難渋しながら、自ら拓いた栃ノ木峠を南進して、北近江の打尾山に旗《き》幟《し》を立てたのは三月九日である。

その前に、佐久間盛政軍と共に、利家父子も柳ヶ瀬に布陣していた。といっても山間とていまだ雪があり、そこへ急造の城砦《じようさい》を構えるのに日数がかかった。それは羽柴軍とて同じこと、こうして残雪の北近江の対峙は双方睨み合ったまま一ヶ月も動かなかった。その間、焦《いら》立ちと寒さが将兵を苦しめた。

するとある日、羽柴軍の方に動きが出てきた。大軍が俄かに引いていくではないか。

（おかしい）

櫓《やぐら》に上がった盛政の目に、秀吉本隊が東の方向に動いていくのが映った。

（東とはどこじゃ）

伸

程なく盛政の耳に入ってきたのは、岐阜の信孝の動きである。ということは、その信孝を封ずるための大垣移動であろう。

それと知った盛政は、勝家の引き止めを振り切って柳ヶ瀬から南へ一里、余呉《よご》湖の東に聳える大岩山砦に一万余を向けて猛攻をかけた。大岩山砦の守将は中川清秀である。

戦さは多勢に無勢、難なく陥《おと》して砦将《さいしょう》中川清秀の首をあげた。しかしこのとき利家軍は盛政と行動を共にしなかった。

「父上、われらも佐久間軍と一緒に大岩山に行かずばなりません」

目尻をあげる利長に、

「急《せ》くことはない。手柄は盛政殿に預けよう」

と制した。

大岩山を分捕《ぶんど》った盛政は意気軒昂、羽柴軍を腐したうえに、

「前田殿は何をしている。まあ、今頃になってのこのこ大岩山へも登ってこれまいが、ハハハハ……」

と有頂天であった。ところが明くる夜、大岩山から南東の方角に延々とつづく松《たい》明《まつ》の灯《あかり》を見た。

「殿、なんでござろう、あの灯は！」

「なに、灯じゃと。そんなものは狐の嫁入りであろう」

と濁酒の土器《かわらけ》を手から下ろさない。ところが陽が高くなるにつれて、それが狐の嫁入りどころか、大垣からとって返した秀吉軍だとわかるや、盛政は度胆《どぎも》を抜かれた。

「なに、禿鼠じゃと？　しかと間違いないか」

「間違いございませぬ」

物見の答えに、盛政は慄然とした。なぜなら秀吉には、明智光秀の変のとき、備中高松から京に取って返した「大返し」の早技がある。

（奴ならやりかねぬ）

中川清秀の守る大岩山を、四、五千で取り囲み、じわじわと攻め上げて陥《おと》したが、今度は秀吉の二万にとり囲まれては清秀の二の舞である。それに兵糧も矢弾も十分ではない。

「皆の者、引き揚げじゃ――」

あたふたと山を降りると、もうそこに秀吉軍の先鋒がきていた。こういうとき、逃げと攻めでは兵の気構えが違う。大岩山攻撃のあの元気はどこへやら、不意を衝かれた盛政軍は慌てふためいて坂を下りた。

勝利したはずの盛政軍が、雪崩《なだれ》をうって逃走してきたのには、勝家本陣が吃驚《びっくり》した。それが秀吉軍の大垣からの大返しと聞いて恐慌状態となった。

なにしろこの寒い山間での滞陣が、士気を低下させていたところへ、虚を衝かれたのだ。

勝家本陣が恐慌状態となったため、逃亡者が出はじめ、それが次々と数をふやすことになった。

茂山《もやま》に陣を布いていた利家は、この戦況を、不思議と冷静な気持ちで見つめていた。大岩山勝利は、秀吉軍の手薄によるもので、盛政の戦術の勝利とは言い難い。そして今、津波のように押し返してきた秀吉軍の大波を支え切るには、気力と兵力において劣っている。それに利家自身、荒山峠や石動山攻略のあの覇気が出ないのは、連合軍だということと、やはり羽柴軍に対する敵愾《てきがい》心が起こってこないのだ。

「父上、父上の出番ではありませんか」

息子からそれを急《せ》かされても利家は動かない。

「戦さは戦局を見きわめねばならぬ。出るときと退くときを間違うたら、それこそ命取りじゃ」

それは自分に対する言い訳であった。そのとき、利家は、ふとまつを思い出した。

（日和見を、日和見をなされませ）

それを耳の奥で聞いて慌てて打ち消した。

（わしは日和見ではない。戦局を見ておる）

ところが、勝家本陣が混乱しているときに、盛政は敢えて軍を立て直して、大岩山の中腹伝いに賤ヶ岳をめざし始めた。そして、即刻、佐久間軍と合流して賤ヶ岳へ向かっていただきたいという催促の使者を送ってきた。

「父上、われらも賤ヶ岳へ」

息子から急《せ》かされるのとは裏腹に、利家はますます冷静になっていく。今から盛政の残兵と、利家軍をもって賤ヶ岳へ向かうなど、まるで死地に赴くようなものだ。ここからでも、北近江戦線のあり様が手に取るように見える。全ては秀吉の戦術通りである。

昨秋、安土で不破勝光・金森長近ら三人で秀吉と会ったが、あの時から今日の構図は出来ていたのだ。

丹羽長秀の待ち受ける賤ヶ岳に、死地を求めるように攻め上った佐久間盛政軍が、矢弾を失い、秀吉方の七本槍といわれる名手にやられて総崩れとなった頃、利家は戦線を離れていた。

㈢

こんな不面目《ふめんぼく》な戦さは初めてである。敗走しながら戦う、いや逃げのための戦さなどこれまでになかった。恩義ある勝家殿のために動かず、それに荒山峠攻めに加勢してくれた盛政を見限っての引き揚げである。

（わしはなぜこんな挙に出た）

勝家殿を裏切りたかったわけではない。それに盛政を見殺しにしたかったわけではない。それほど秀吉の甘言に惑わされたかというとそうではない。では妻の日和見の囁きにほだされたかというとそれも違う。言い訳になるかもしれぬが、あの戦さで死にたくはなかったのだ。

勝家・秀吉の間《はざま》で死んでどうなる。勝家殿とは、これまで幾つもの戦さに出た。就中《なかんずく》、魚津攻めでは勝家殿の苦衷をわが身に刻んだものだ。そのようにして北陸衆の連携をやってきた。

ところが今度の戦さは、いわば身内衆（元織田家中）の戦さである。その身内衆の戦局をみると、やっぱり山崎の戦いを勝ち取った秀吉のものだ。その勢いは、老雄勝家殿をもってしても敵《かな》わない。

ともかくこたびの三つ巴に、勝家殿と共倒れするわけにはいかぬ。決して秀吉に阿《おもね》たり諂《へつら》うものではなく、北陸戦に苦しみ、幾千の血を流させた者として、一人だけでも生き残らねばならぬではないか。

そのために、誰から何と誇《そし》られようと、わしは北陸の孤塁を守らねばならぬ。そのための生き残りの敗走である。このことを誰にわからせたいかといえば、利長でありまつであろう。

柳ヶ瀬から椿坂《つばきざか》を越えて中河内《こうち》あたりまで、それこそ羽柴軍の追撃に、徒士《かち》たちは次々と斃《たお》れた。矢弾の音に馬が怯え、耳もとを掠める弾にどれだけ胆を冷やしたことか。

こういうとき、自慢の槍が間に合わぬことも身につまされた。そして栃ノ木峠を下り、ようよう今庄宿へ辿りついた頃、追っ手の気配を感じなくなった。府中まであと二里半である。気がつくと、利家の身辺には四、五十の従卒しかいなかった。そして惨憺《さんたん》たる思いで府中城に駆け込んだ。

「殿、ようまあご無事で」

まつが大きな腹を抱えて玄関に転《まろ》び出てきた。

「心配いたしておりました。柴田軍の敗け戦さという報せが入っておりました」

そんなまつのことばを振り切るようにして、広間に入った利家と利長は、ぽつぽつと生還してくる兵たちを迎えた。

「殿、戦さとはこういうときもございます。したがいよいよ籠城にございます。今から用意をいたさねば」

村井長頼は早速差配にかかった。

（籠城か）

これまでの戦さは常に攻めであった。それが平地の府中城、しかも相手は秀吉である。重く深い溜息が喉を突いて出た。

すると明くる日、警備の兵をびっくりさせる一群が城門をくぐってきた。

「殿、殿、大変な武将《かた》がやってこられました」

取り次ぎが狼狽している。

「修理亮（勝家）様にございます」

「修理殿じゃと――」

　ということは、あれから勝家も利家の後を追うようにして敗走してきたのだ。

「さぞ疲れておられよう」

　利家は立ち上がった。立ち上がりながら、どの面さげて勝家に見《まみ》えんと思った。

　すると傍から村井長頼が囁いた。

「殿、ご憐愍《れんびん》はなりませぬ。いっそ討って羽柴殿に忠節をお示しになられましては。唯一の機会にございます」

「何を言うか長頼。これ以上の不義を勧めるとはなんたる不忠」

　一喝されて長頼は黙った。そこへ勝家が四、五人を連れて現われた。戦塵に塗《まみ》れた髭面が疲労と苦渋に歪んでいる。

「おお、勝家殿、こたびは何とも面目次第もない」

　利家は頭を上げられなかった。

「いやあ、ここに立ち寄られてさぞ迷惑であろう。年というものを、この度ほど思い知らされたことはない。それでつい弱気を起こし、立ち寄らせてもろうた。一寸休ませてもろうたらば、直ぐにもここを出てゆく故、案じられるな」

　そう言うと勝家は膝を折り、がっくりと首を垂れた。まさに敗軍の将である。

「ところでお訊ねいたしますが、盛政殿はいずれに……」

勝家は一寸眉を曇らせたが、

「それがわしにもわからぬ。賤ヶ岳に赴いたと思うているが……じゃから――」

ということは討ち死の公算大ということである。ところが猛雄盛政が秀吉軍に捕えられたということを、勝家は柳ヶ瀬で知らされた。

「あの盛政が！」

愕然として身の震えを覚えた。身内なるがゆえの支柱を喪った弱気が、勝家の敗北感を更に深めた。そこで忠臣毛受《めんじゅ》庄助の身代わりの申し出を入れて、勝家の馬標《じるし》を渡して、柳ヶ瀬から逃走してきたのである。

そのことを、勝家は利家の前で話せなかった。

憮然としている勝家に、利家は早速茶粥を用意するよう利長に命じた。するとややあって、膳を捧げてきたのはまつであった。

「これはこれは修理亮様、さぞお疲れにござりましょう。これはほんの当座のものでございますが、胃の腑を温めてくださりませ」

とまつは手ずから椀に飯を盛り、そこへ熱い茶を注ぎ、梅干しを載せてすすめた。

「やあ、これは奥方殿お手ずからのおもてなしとは忝《かたじけな》い。有難く頂戴つかまつる」

勝家が椀を口にすると、なんと兵たちにまで茶漬けが振る舞われはじめた。

「いやあ、ご温情いたみ入り申す」

勝家はもう一度頭をさげた。そして椀をゆっくり口にしながら食べ終わると、唇を拭きとって、

「奥方殿に申し上げたい」

と厳《いか》つい目を柔げた。

「はっ」

まつは内心緊張に震えた。もしかしたら、柳ヶ瀬の日和見の指弾か、それとも北ノ庄への出陣要請であろうか……ところが勝家の口を衝いて出たことばは思いがけないものであった。

「奥方殿の愛しい麻阿殿をお手許にお返しいたそう」

「いや、それは、それはなり申さぬ」

言下に否定したのは利家であった。

「嫁いだ女は婚家の者、それに十蔵殿のお心の裡も聞かで、そのお話は当家としては承りかねまする」

勝家は更に目を和《なご》ませた。

「ああ、わかり申した。したがこれは城主のことばじゃ。十蔵もわしの言には逆らえぬ」

ウウウッとそのとき嗚咽《おえつ》したのはまつであった。暗に勝家に味方するなと言わんばかりに利家に日和見を——と強く言い張った自分であった。

その結果がこの惨敗だ。にもかかわらず、勝家からそのような情を受けようとは思いもよらなかった。

(勝家殿というお方を、わたしは見損のうていたようじゃ……)

「申し訳ありませぬ」

わが身の安泰のみを考えていた女の浅知恵だった。まつは激情抑え難く、頭を床につけて号泣しながら勝家に詫びた。

㈣

それから丸一日たった夕刻、秀吉から北ノ庄攻撃の命令がきた。それがなんと、北ノ庄からである。

これでは疲れ切って逃走した勝家が、まだ籠城の準備も整わぬうちに攻め込まれたことになる。それほど秀吉の脚が速かったということだ。

「それでは秀吉殿が、ここを素通りされたことになりますね」

囁くようにまつが言った。

利家もそのことを考えていた。柳ヶ瀬の戦さを勝ち取った秀吉が、北陸制覇に北上してくるとき、真っ先に火蓋を切るのがここ府中戦である。それに備えて籠城の構えをしたが、羽柴軍が北ノ庄に入ったということは、まつの言うように府中を素通りしたことになる。

（なぜだ――）

利家は虚空を睨んだ。わしが柳ヶ瀬で日和見を決め込み、佐久間軍にも付かなかったことを、秀吉への誼《よしみ》と取ったか。

わしは勝家殿や盛政殿を裏切り、秀吉に一味したわけではない。わしは誰の味方もしなかったと言ったらご都合主義となろう。それほどわしは卑劣であり、いい加減な人間ということになるだろう。

そのわしを嘉《よみ》して、府中を通り抜けたとすれば、それは秀吉の一人合点だ。

「父上、北ノ庄に征かねばなりませんね」

（ともかくわしは、これで二度、勝家殿に背くことになる）

戦国の習いとはいえ、一度ならず二度も援けてくれた上司を裏切り、果ては攻めなければならなくなった。そうした自虐に苛まれながら、利家は重い心に、重い鎧を着けて府中を発った。

北ノ庄にきてみると、城下町は戦さを恐れて人々が逃げ出し、路という路は人の波である。そうした中に、天守を頂いた壮麗な北ノ庄城が、今日はもの哀しく見える。早速、秀吉本陣のある愛宕山に到着の使者を送ると、利家は北ノ庄川辺りに陣を布いた。

ここに陣を置いたのは、もしかして城内の女たちが、舟で逃げることがあるかもしれないと思ったからである。

それからの戦さは、まるで羽柴軍の一方的な攻撃で、城からの応戦に威力がない。その城に向けて、愛宕山から大砲《おおづつ》が大音響とともに撃ち込まれた。

利家の戦意が湧かないのは、娘麻阿が城の中にいるからだ。どんな思いでいるかと思うと居たたまれない気がする。そんな利家の胸中を察してか、兵たちも敢えて矢弾を送らない。

（万に一つも開城はあるまいか……）

そんなことまで願う利家である。しかし、あの勝家殿が、秀吉に降ることはない。となると、城を枕の討ち死にである。

宵になって、一層激しくなった矢弾の音を聞きながら、利家はいよいよ絶望的になっていた。

（麻阿よ、許せ……）

夜中、府中城の裏口から三、四人の男に支えられて、一人の百姓女が入ってきた。裏門の衛兵と揉めなかったのは、男たちが府中の侍だったからだ。

「只今北ノ庄から姫様がお戻りにございます」

戸が開いて、まんじりともせずに祈っていたまつの側に、一人の女が近づいた。

「母上様、只今麻阿が戻りました」

「麻阿、まこと麻阿か」

まつは女の顔を持ち上げた。丸顔に円《つぶ》らな目は、忘れもしない麻阿である。

「よおく戻ってこれましたな。さぞ恐ろしい目に遭うたであろう」

まつは麻阿を抱えるようにした。

「母上様」

後はもう号泣の麻阿である。その背を撫でながら、暫くたって落ち着くと、

「それにしても、よう勝家殿や十蔵殿がそなたを戻してくだされたことよのう」

と掌《て》を合わせたい思いだ。

「はい、勝家様のお情でございます。したが十蔵様とはお別れする暇《いとま》もなく……」

城の外で戦いつづけているであろう十蔵を残しての脱出に、未練と申し訳なさを残しての帰府だったのだ。

「北ノ庄は、今夜か明日ということで……」

「そんなに切迫していたのか」

「はい、兵が弱り切っていたうえに、数も足りませんでした。したが、勝家様は、降伏などなされませぬ」

(そうであろうなあ。勝家様は——)

その勝家が城を枕の自刃を決意したのは四月二十三日。城を出たい女や奉公人を放つと、夜に入って天守で最後の酒宴が張られた。その中には夫に従うお市の方の姿があった。

城門に篝火が赤々と焚かれ、鼓と笛に合わせて謡いが聞こえてきたとき、これが

最後の饗宴だということがわかった。

翌朝はいよいよ本丸突入の総攻撃である。結局、娘の姿を見つけることはできなかった。ということは、夫十蔵とともに、あの天守で最後の夜を過ごしているのだろうか――。父がここにいるというのに、助けることもできず、明日は見境いなしの修羅地獄である。

明くる日は早朝から戦さが始まり、午頃《ひる》城内へ突入したと同時に、天守が、爆薬に火を放たれて轟音とともに火を噴いた。

羽柴軍と、これに従う与力の兵たちは一斉に空を仰いだ。真昼の凄惨絵図である。

そして明くる日の夕方、利家は重い脚を引きずるようにして府中城に凱旋してきた。すると利家を出迎えたのは、なんと麻阿だった。

「麻阿――麻阿ではないか。よくぞ戻ってこれたなあ」

肩を抱けば、

「勝家様が戻してくださされました」

そのことばに、思わず利家は落涙した。

（最後までわしには優しい方であられた——それだのに、わしは……）

またして悔いと自虐に襲われる利家である。

部屋に入ると、そこに三人の美しい姫が手をついていた。

「どちらじゃ」

怪訝の目を向けると、

「お市の方様の姫方にございます」

とまつが答えた。ということは、勝家は麻阿と一緒に、この三人も共に利家の府中に送ったということだ。

「長女、茶々にございます。このたびは止むなき仕儀にて、お世話になりますが、よろしくお願いいたします」

と、白い顔にすっきりとした鼻筋の通った茶々姫が挨拶すれば、

「初にございます」

「小督にございます」

と後の二人は消え入るばかりの声である。

「さぞお疲れでござろう。いずれお身の振り方が決まるまで、むさい所ではござる

が、ゆるりとお休みになられよ」

するとお茶々が、膝に両肘を開いて手を置きながら、訊《き》いた。

「身の振り方とは誰が指図なされるのですか」

「ああ、それは羽柴殿でござろう」

「羽柴とは無念じゃ。われらはこれで二度の落城にござります。よって秀吉の采配を受けようとは思いませぬ」

と睨むような目を返した。

「と申されても、われらも羽柴殿の采配を待つしかなく……」

「どうして前田様は柳ヶ瀬で日和見などなされました。前田様は初めから羽柴と結《つる》んでおられたのですか。それでは勝家様があまりにお気の毒。そしてこたびも、よくもまあ北ノ庄城へ弓矢を向けてこられましたなあ」

鋭い茶々の訊問に、利家は一寸返すことばがなかった。

「ま、姫様のお尋ねに返すことばもござらぬが、戦さとは酷いものにござる。そこで暫く姫方をご保護はいたしますが、先行きのことについては利家も残念ながらわかり申さぬ」

そう言うと、利家は座を立ってしまった。彼女たちに報いることばを何一つ持ち合わせないからだ。

「お気の強い姫にござりまするなあ」

部屋に戻るとまつは言った。

「さすがは故殿のお血筋じゃ。したがわしも、姫たちにどう言うことばがあろう。わしたちにも娘が多い。それだけに落城の憂き目をみることはできぬ」

利家は三人の姫と対しながら、そのことをつくづく思いしらされたのである。

その日の夕、またまた物見が戻り、今度は麻阿の夫、佐久間十蔵の死を報じてきた。その死を伝えたものかどうか迷った。しかし、この期に及んで伏せておくわけにもいかず、それを告げると、一瞬麻阿は呆然とした。そして暫く虚空を見つめていたが、後は瞼を伏せた。その瞼から涙の筋が流れ落ち、母の胸にとりついた。

(若い身空で、早からこんな悲しみを)

まつはただただ娘の背を撫でるばかりであった。

(五)

羽柴秀吉が北ノ庄を攻略すると、あれだけ秀吉を毛嫌いしていた佐々成政が、佐々半左衛門を使者として秀吉に降ってきた。そして四月二十八日、秀吉が佐久間盛政の居城だった加賀尾山城に入ると、富山から成政が娘を連れて現われ、降伏の証《あかし》として人質に差し出した。強気の成政としては苦渋の選択だったのだ。その成政に、秀吉は越中守護の座を与えた。

そうして秀吉が意気揚々と北国街道を凱旋し、府中城へ立ち寄ったのは五月一日であった。

広間の上座に秀吉が座り、利家父子と、まつに娘たち四人、つづいて茶々ら三人が左右に控えた。

「こたびのご凱旋、祝着至極にござります」

平伏しながら利家は、われながら卑屈になっている自分に気づいた。清洲以来の秀吉とこんなに溝ができたのは、柳ヶ瀬の戦さの敵対というより、元はといえば、秀吉の光秀討ちの勲功にある。

あの弔合戦に、自分たち北陸衆が中央から遠く離れた僻遠の地にとり残され、残《おく》れをとってしまったからだ。

（運命であったわ）

利家はその運命に頭を垂れていると自覚した。

「あの成政がの、おとなしく降り、姫を質に差し出すとは驚いたぞ」

「ほう、成政殿が」

魚津攻めのときの貪婪《どんらん》な顔が浮かんだ。信じ難い気持である。それから北ノ庄の話に移った。

「いやあ、北ノ庄は大したことはなかった。それより惜しいのは、天守を炎上させてしもうたことと、お方を失うたことじゃ」

秀吉のお市の方恋慕は、織田家中でも知らぬ者はなく、それも月と何やらの譬えになぞらえられて、面白可笑しく揶揄《からか》われたものである。

そのお方を勝家に奪われたことに業を煮やし、北ノ庄攻めは、嫉妬とお方奪取の執念だとも聞かされた。そのお方を遂に失ったのである。

「ああ、これは姫方、男の戦さじゃ、許してくだされよ」

秀吉は三人姉妹に気がつき、慌ててことばをかけた。その秀吉に返した茶々のことばは、

「これで二度の怨み、われら生涯忘れはせぬ」

という痛烈なものであった。

ほんの一服しただけで、秀吉は慌しく座を立ち、玄関に向かった。はじめからそ

の予定だったらしく、軍兵は大門の外に延々と腰を下ろしていた。せかせかと門を出た秀吉は、何を思いついたか利家の側に戻ってきた。

「何か？」

利家としては、前田への措置を何も聞かされていないことが気がかりだった。気ぜわしい秀吉のこと、それを忘れたからかと思いきや、意外なことを告げられた。

「勝家の所に嫁《や》った姫殿、なんと言われたかの」

「麻阿と申しますが……」

「こっちに戻されたようじゃの」

「はあ」

「幾つじゃ」

「十二歳になります」

「その姫を、わしにくれぬか」

(質にござりまするか)

口に出かかったことばを封じた。

「姫ならば豪を既に」

「ああ、利家殿に似てだんだん美しゅうなった」

「それは有難き仕合わせ」

「したがもう一人頂戴したい。その麻阿姫じゃ」

「麻阿を――」

なにゆえ……と訊きたいところだ。しかし秀吉は質にとは言えまい。利家としても、今更人質を差し出したいとは思わない。それに麻阿は、一度は勝家の北ノ庄に出され、佐久間十蔵と婚し、落城の中を引き千切るようにして戻されてきたばかりである。

そんな心痛の娘を、いかに妹豪のいる所とはいえ、暫くは出したいとは思わない。そんな気持ちを察したかどうかわからぬが、秀吉は、

「それでは」

と言い捨てるようにして出ていった。

呆然と立ちつくした利家に、まつは声をかけた。

「何か？　何かございましたか」

「ああ」

利家の顔に苦渋が浮いている。

「お仕置きのことにございまするか」

まつも既に覚悟をきめている。勝家・盛政・成政と、北陸衆が全て敗北、あるいは降伏した以上、利家がお目こぼしされるはずはないのだ。

「まつよ」

利家の目が哀しみに揺れている。

「なんでござりましょう」

「麻阿じゃ、今度は麻阿を欲しいと」

「ということは人質にござりまするか」

「そのつもりであろう。したがわしは豪のことを持ち出したのじゃが……」

「豪と一緒に住めるなら、姉妹の縁をとり戻せるではありませぬか」

まつはそういうふうに明るく考えようとした。

「そうかのう」

利家は、またしても妻に泣かれるかと覚悟したが、そんなことばにほっとした。

(遅かれ早かれ、娘は手放すもの)

利家もまつも、そのことは承知しているつもりだ。しかし、いかに秀吉の所とはいえ、人質に出したくはない。

「したがどう切り出したらよいものか」

折角親元に戻ってきたというのに、またまた今度は秀吉の所へ行かなければならない麻阿が哀れでならない。

「まつよ、心配するな。わしは秀吉に逆らうようなことはせぬわ。娘たちのためにもな」

「殿――」

まつは利家の背に顔を埋めた。

第十章

末森対決

(一)

七尾から南へ約十数里、河北潟《かほくがた》に近い小立野台地に建つ尾山城から、遙か西に日本海、前方に開ける平地の右手に浅野川、左には犀《さい》川が眺められる。

天正十一年(一五八三)三月まで、佐久間盛政の居城だった尾山城に、利家が配されたのは同じ年の十二月の初めだった。

七尾と府中の中間に位置する尾山は、地理的に都合のいい場所である。しかし、ここに腰を据えるとなると、盛政への複雑な思いがある。

天正三年、勝家らと共に越前一向一揆攻めに入り、更に加賀・越中へと軍旅を重ねた盟友であった。その盟友にも日和見をきめこみ、結局は敗北に追い込んでしまった。その盛政の汗で築いた城である。

尾山城は、そもそも天文十五年(一五四六)石川郡小立野の山崎山の一角に小さな堂を建て、加賀一向宗の拠点となった所である。それが歳月と共に勢力を拡大し、越中・能登・越前にまで勢威を振るうようになり、門徒衆はこれを御山《おやま》、御坊《ごぼう》と称してきた。その御山を天正八年、盛政は柴田勝家と共に攻めて陥落させ、跡に封ぜられて御山を尾山城とした。

だから、目にする城の内外のあちこちや眺望にも、盛政の汗と手の跡や視線を感じて心苦しい。

秀吉から柳ヶ瀬や北ノ庄のことを責められもせず、つまりは盛政に替わって、能登のほかに加賀の北半国を与えられた。

(わしは、日和見という卑劣な手で生き残った)

そんな忸怩《じくじ》たる思いがあるせいか、七尾城に入ったときのような元気が出ない。

それに利家を苦しめるのは、盛政の死の顚末《てんまつ》だ。賤ヶ岳の戦さで捕えられたことは知っていたが、その後は不明だった。ところが秀吉の勧降を拒否したため、京で斬首され、六条河原で梟《さら》されたという。

(わしだけが生き恥を晒して)

同じような思いで府中城を後にしたのは、勝家の義娘、茶々ら三人の姫たちである。三人はかつての伯父信長の居城安土山の摠見寺《そうけん》に入ることになった。

父(浅井長政・柴田勝家)の仇に助けられ、伯父(信長)の廃墟に移る無念を、どれほど胸に刻んでいったことか。

それに麻阿も、いずれ秀吉の許に人質として行かねばならぬ運命である。

（わしは秀吉によくよく実力と情誼で大差をつけられたものじゃ）

利家が、盛政の怨念の残る尾山城の大々的な改築にとりかかったのは、明くる年の雪解けを待ってからである。そこで摂津の高山右近を招いて縄張に着手した。

一方、大坂では昨年の夏から秀吉が三十余国の大名に命じ、膨大な数の人夫を投入して大坂築城を急がせている。利家も勿論賦課に応じているため、二重の負担がかかっている。

それとは裏腹にまたまた厄介なことが起こった。浜松の徳川家康と織田信雄が結んで反秀吉の旗を上げたことだ。

そもそも信雄と弟の信孝は秀吉の台頭をよしとせず、信孝は柴田勝家・滝川一益らと組んで秀吉に対抗したが敗れ、信雄は山崎の合戦後の清洲会議の埒外にあった家康を頼った。そして打倒秀吉の旗を上げた所は、尾張の小牧《こまき》・長久手《ながくて》であった。

「殿、面倒なことが出来《しゅったい》いたしました。浜松（家康）が富山の成政殿に加勢の要請をしたげにござりまする」

「なに！　それは厄介な。確とした情報を入れよ」

利家は体が震えた。柳ヶ瀬の戦さを微妙な形で乗り切り、秀吉の北陸制覇に辛くも命を拾ったうえに、秀吉の友誼をもって尾山に拠点を移し、能登・加賀の国守となった。一方、成政も秀吉に降り、越中を安堵された。ところが成政の本心を見透かしたかの如く、家康が声をかけてきた。そこで成政は密かに家康と気脈を通じようとしているようだ。

利家が慄然としたのは、その成政から利家の二男正千代の縁組みを請われているからだ。成政には一子松千代丸がいたが、天正二年の伊勢長島の戦さで喪った。以来男子に恵まれず、娘に婿をと、白羽の矢を立ててきたのが利家の二男であった。

「行く末、おぬしのためになろう」

などと成政の強引な策に乗せられ、この六月、正式婚約ということで結納を預かり、九月頃祝言という運びになっている。

しかし、成政が家康方に就くとなると、この縁談は破棄しなければならない。そこで府中から呼び寄せ急いで元服させた。利政である。

そうこうしているうちに桜が散ると、小牧・長久手の戦さは家康・信雄軍の優勢となり、秀吉の方から和を請うたという報せである。

家康との戦さに当面和睦という形をとった秀吉は、その間に越後の上杉の懐柔に成功した。慌てたのは成政である。強国上杉が秀吉に与《くみ》し、隣国前田が秀吉の傘下となったからは、その間に在って身動きがとれなくなる。かくなる上は、利家との姻戚関係を急ぐか、それとも機先を制して一挙に越境するかである。

それは利家にも見えている。そこで縁組みを棚上げして、加賀と越中の境、朝日山に砦を築き、村井長頼を守将とした。それに津幡《つばた》には利家の弟秀継父子を、羽咋《はくい》郡の末森城には奥村永福を配し、南加賀には嫡子利長の松任城がある。利長はこの春、秀吉から四万石を与えられて府中から移っている。

「殿、いかな成政殿とて、越境してくるとは考えられませぬが」

普通ならそうであろう。尾張に身を起こして、若い時から共に信長の配下で生きてきたいわば同輩である。

しかし、信長・勝家を喪った今、利家・成政の関係は変わった。連帯の義理はなく、利害打算で動くようになった。と共に、それまで長く胸奥に蓄積してきた憤懣や我慢を解放するようになった。

「越後を敵にしたからは、必ずこっちに向いてくる。そのための縁組み策であった。したがこちらが取り下げたからは、弓矢をもって踏み込んでこよう。成政殿はそういうご仁じゃ」

成政が秀吉に降ったのは、あの状況下で止むを得ぬ生き残り策だった。しかし、成政がいかに秀吉を疎《うと》みつづけてきたかは、若い尾張時代からのことである。

（軽輩の成り上がり奴《め》が）

それが口癖の成政だった。その秀吉が、光秀討ちをしてから、あれよあれよと水をあけ、今や信長の跡目を宣するかのように、大坂に偉城を築いている。

（どうして奴だけがこうなる！）

腹のおさまらぬ成政は、風の吹きようによってはいつでも秀吉から離れたい。それがこたびの家康からの誘い水であった。

そこで軍を発しようとしたとき、小牧・長久手の戦さが引き分けとなり、成政の出鼻を挫《くじ》いた。挙げた拳《こぶし》の下ろし場所を失った成政は、その鉾先を利家の加賀・能登に向けてくるはずである。

八月二十八日、思った通り佐々軍が朝日山砦に押し寄せてきた。尾山から三里程の朝日山へ援軍を出したが、この時季特有の大雨に叩かれ、崖は崩れ、路も田畑も川の如くなり、佐々軍は途中から軍を引いていった。

そういうことで、緒戦は自然の邪魔が入って終わったが、利家はここではっきりと成政の加賀侵攻の意志を見てとった。

(二)

府中の雪が溶けにかかった。するとある日、城の門前に二基の美しい女輿が降ろされた。どちらからかとみるに、なんと秀吉からの迎えの輿である。

「奥方様、いかがいたしましょう」

留守を預っているまつに、侍女が飛んできた。

いかがするといっても、秀吉の情をもって利家は安堵されたのみか、盛政の旧領と城を貰ったのだ。その替わりのいわば人質として、麻阿を送り出すことに抵抗するわけにはいかない。

このことについては、あれから麻阿に因果を含めてきた。北ノ庄のことについては、敢えて訊かぬことにしている。済んだことを訊いて、古傷を蒸し返したくはないからだ。

ただ、秀吉の大坂へ入って、どういう扱われ方をするのかがわからない。既に赤児で渡した豪が、今は美しい姫に成長したと秀吉は言ったが、姉の麻阿を引き取って、姉妹らしい暮らしをさせたいという計らいなら却って有り難いと思わねばならないだろう。

「麻阿、大坂から迎えの輿がきたようじゃ。決して決して物事を悪い方にとらず、明るいほうに考えるのじゃ。さすればきっとそなたの運も開けよう」

旅立つ娘に、また同じことをくり返したが、親も娘も心の準備はできていた。着物を着替え、嫁に出るような荷駄が運び出された。従う侍女も顔を強張《こわば》らせて用意にかかっている。

小半日もかかって準備ができ、旅装束の麻阿が玄関に立った。このところ急に背丈が伸びたが、両親のどちらに似ても背は高くなる。姉の幸《こう》や蕭《しょう》も、女としては伸び過ぎたが、目の前の麻阿も、まつの背丈に近づきつつある。そしてきりっとした眼差しや鼻筋は、美男の利家似である。

「よいの、決して涙なぞ見せてはならぬ。どんな運命《さだめ》がこようと、負けてはならぬ。父も母も、そうして生きてきたのじゃから」

何度も言ってきたことだ。それにしても北ノ庄の敗北や経験が、麻阿を一つ強くしたようだ。

「それでは母様《かか》、お達者で」

「ああ、いずれ会う日もあろう。それまでそなたも元気で。決してめげるでないぞ」

「はい」

そう言い残して麻阿は輿の人となった。

こうしてまつは麻阿を見送ってから、数年以上を過ごした府中を離れることになった。

久しく馴れた人情や、毎日仰いだ日野山や川音ともいよいよお別れである。

「奥方様、お息災で」

垣のように連なった城下の人々の見送りを受けながら、また産まれた六女千世を抱えて家臣と共に府中を離れた。目ざすは夫の新城、加賀の尾山である。


尾山にきてみると、府中城がそもそも龍門寺を城としていたように、ここも元はといえば御坊、つまり寺だったため、そちこちに寺の建物が残っている。だから改築を始めたといっても、住まいは寺の庫裡《くり》である。城地には荒子衆、府中衆、能登衆の建物が建ち、二の丸・三の丸などと呼ばれている。

眼下には浅野・犀《さい》の清流がきらめき、北東には卯辰《うだつ》山・医王《いおう》山、南西には野田・大乗寺山が連なり、府中と比べれば眺望は遙かに雄大である。

ところが城内は思わぬ緊張状態にある。戦さはもう終わったと思いきや、新たな敵は、なんと荒子時代からの盟友、佐々成政だという。

その成政がわれらが二男の利政を婿養子にと請いながら、この夏、臆面もなく加賀の砦に乱入してきたのだ。

「なんという不実な。佐々殿は、殿と昔からの盟友ではござりませぬか」

「いや、もうその関係は終わったのじゃ」

「そんなものでござりまするか」

律儀なまつにはどうしても納得できない。

「われらは信長殿や勝家殿あっての同輩。しかし、いずれも亡くなられたからは、その紐帯《ちゆうたい》は切れたのじゃ」

「したが何ゆえ佐々殿と敵対せねばなりませぬ」

「それは成政が、秀吉殿に盾つく徳川に与することになったからじゃ」

「まあ——成政殿が」

荒子時代からの秀吉に対する成政の偏見や、また利家と成政の確執をまつは知らない。

「ともかく、戦さ巧者の成政じゃ。どこからどんな手を打ってくるかわからぬ。恐ろしき相手じゃ」

そう言って溜息をつく利家に、まつは気が重くなった。

（尾山へきても、まだ平和はないようじゃ）

㈢

このところ気が立って眠れぬ夜がつづく。今夜も厠《かわや》に何度か立ち、成政の夢まで見てしまった。

成政の動きについては、富山城内に潜入させた忍びによって伝えられてはくるが、どこを狙い、どこから襲来してくるかが把めない。

（成政のことじゃから一手ではない）

そう考えて朝日、鳥越《とりごえ》、坪井、末森、荒山に城砦を築き、守将と守備兵を置いているが、数に限りがあるため兵数は必ずしも多くはない。

そんな不安を駆りたてるように、津幡か、あるいは能登から兵船をもって奇襲などという風評まで飛ぶ。嵐の前の何とやらで、風の音にも聴き耳を立てる有様だ。

既に八日に富山城を出たという早打ちがありながら、どういうものか、どの砦からも何の伝令もこないのだ。

（奴は奇襲の名手）

そう思えば思うほど居ても立ってもいられない。もしかしたらこの尾山をとり巻いているのではなかろうか。

「物見を出せ、次々と出せ」

過去幾多の戦歴を重ねながら、これほど危惧と恐れを覚えることはない。今までは攻めの戦さだったが、今度は本城を襲われるという受け身である。籠城の辛苦を突きつけられる思いだ。

すると十日辰《たつ》の刻（午前八時）頃、半死半生の伝令がよれよれになって入ってきた。

「どこからじゃ」

「末森からでござります。今暁、佐々の総攻撃を受け、三の丸、二の丸、糧食蔵を奪われ、本丸が風前の灯にて……」

伝令は気を失いそうに崩れた。

「おお、しっかりせい。して敵はいずこからきた」

「二手に分かれてきました。沢川《そうごう》から梨ノ木峠を越えてきたのと、一隊は今石動から牛首、坪井山からやってきたようで」

　そう言うと男はへたばった。

「殿、これは意表を衝かれましたぞ。末森を衝くなら、庄鍋から志雄路《しおじ》越えをくれば最短路。それをどうして南へ迂回など……」

「うーむ」

　神出鬼没、奇怪な動きをみせる成政の顔が浮かんだ。いずれにしても風前の灯の末森城救援を重臣たちに図らねばならない。ところが重臣会議では、

「今からでは遅過ぎまする。おめおめ敵の術中、飛んで火に入るなんとやらになりかねませぬ」

「敵の本意は末森に非ず。ここ尾山へ押してくるのではござるまいか。でなければ、八日に富山を出ていながら、二日もの時間をどう考えたらよいのか——もしかしたら、末森どころか、ここを遠巻きにされているのやもしれませぬ」

「ここは動かず、秀吉殿からの救援を待たれましては」

といずれも慎重というより、怖《お》じけづいている。

　たしかに一日半という時間の謎はあるが、今、目の前に危急を告げ、救援を請うてきている末森を見殺しにはできない。

「そちたちの意向はわかった。したが末森を見捨てるわけにはゆかぬぞ。これは成政殿との因縁の勝負じゃ」

この一言が家臣たちを動かすこととなり、申の刻《さる》（午後四時頃）、白地に黒の梅鉢紋の軍旗と、鍾馗《しょうき》の馬標《じるし》を翻した軍列が並んだ。

悲壮な顔で玄関を出ようとする利家を、まつは追いかけるようにして声をかけた。

「殿、これを、これをお持ちくださりませ。佐々殿に勝つためには、この金子《きんす》で槍一本でも余計にお買いなされませ」

そう言いながら握らせたのは、ずしりと重い袋である。とかく吝嗇《りんしょく》と陰口を叩かれている利家である。載るか反《そ》るかというとき、有り金を叩《はた》いて戦費や兵に使って欲しいということだ。

「おう」

利家は袋の重さに、まつの心を感じた。

四里の行程で前田秀継の守る津幡城に入ると、ほどなくして松任の利長も駆けつけてきた。

しかし、ここでの評定もまた一揉めとなった。

「今頃末森は落ちているやもしれませぬ。物見によると、神保《じんぼう》父子（氏張《うじはる》・氏則《うじのり》）が四千をもって川尻あたりで待ち構えているとのこと。末森救援は無理ではござるまいか」

「それより秀吉殿に救援の使者を」

とまた同じようなことを言う。そのとき、つと立ち上がったのは村井長頼であった。

「殿、直ちにご出陣なされたい」

「長頼殿、無謀なことを申されるでない」

重臣の一人がそれを制すると、

「佐々殿に、柳ヶ瀬の上塗りを言わせて何とする。われらは前田の面目をかけて赴くのみじゃ」

利家の言えぬ本音を長頼は吐いてくれた。さすがに重臣中の重臣である。これで反論はおさまり、津幡から末森への道、即ち山街道・中街道・浜街道のいずれをとるかを論じ合うことになった。

この三本のうち、佐々本隊の通った道は多分山街道であろう。残る二本のうち、意表を衝くとなれば時間はかかるが浜街道である。加賀から能登へかけて、海に沿ってせり上がった砂丘が延々と連なっている。そこは鬱蒼とした樹木が繁り、あたかも縦一線につづく山稜である。その砂丘を壁にして海岸を往けば、山や里側からは視界に入らないはずである。

それに海岸の砂は、越中の砂浜と異なり、波打ち際の砂が締まって馬や車の輪行に堪える固さだ。更に、波音が人馬の音を消すだろう。そこを、夜の闇をついて行けば、神保勢の目を紛らすことができるだろう。

評定はこれで一決、出発まで暫しの休息となった。すると津幡の物見が二人飛び込んできた。

「何事じゃ」

「はっ、佐々隊のこれまでの動きを注進に参りました」

「おお、これはご苦労じゃ」

三十四、五歳の陽焼けした二人が利家の前に手をついた。物見たちの注進はこうである。

九月八日、富山を進発した佐々軍一万五千が、能登攻めという噂を撒《ま》きながら実は南進して木舟城に入った。これはまことに意外であった。

その木舟城で隊を二つに分けた。沢川《そうごう》から末森を目ざす沢川支隊と、今石動から牛首を経て坪井山を通る先鋒・主力の成政本隊である。

ところが沢川支隊が梨《なし》ノ木峠で立ち往生してしまった。道がわからなくなったのだ。そこでやむなく沢川の住人に道案内を請うことになった。案内人は、田畑兵衛という男だった。

兵衛は一行の前に立って、宝達の山脈《やまなみ》を指しながら「あの山の裾野を廻れば押水《おしみず》という所に出ます」と実直そうに教えた。

梨ノ木峠から眺めると、宝達山系に並行して、手前に一段低く横たわっている山脈がある。こちらから見ると、それはいかにも穏やかな山容に見える。

それではと、先に立つ兵衛に黙々と従えば、なんと道は険しく、壁をよじ、岩にとりつき、木の枝や葛《かずら》を頼りに登り下りする難所である。しかも兵のみでなく、馬や荷駄も運ばなければならないのだ。こうして思わぬ時間をとってしまった。

九月半ばとはいえ、夜ともなれば山中は肌寒く、うろうろと闇の中を迷走しながら、ようよう明け方になって平地の敷波《しきなみ》に出てきた。

「クソ！　奴に謀《たばか》られたんでねえか」

佐々隊は地団駄を踏んだが、兵衛の姿は既になかった。佐々沢川隊の一日半遅れの謎とはこのことだった。そのことを報せてきたのは兵衛自身だった。

「そうか。したが兵衛とやらは越中人だったというではないか。それがどうしてわれらに味方したのであろう」

「はっ、兵衛は、能登の出と申しておりました」

「なるほど。故あって沢川に移ったのであろうが、われらに味方したとは、よほど成政に人望がないということじゃ」

「そうじゃ、殿、戦さが終わったら、その兵衛とやらを召し出されましては」

㈣

夜もふけた亥《い》の刻（午後十時頃）、雨音は次第に激しくなってきた。雨中の行軍は楽ではないが、川尻で警備しているであろう神保隊の目を掠めるには都合がよい。天恵の雨と考えたい。

「出発」

の声で、二千五百の兵が津幡城から動きだした。この雨で難渋するも、暁闇には末森につくはずである。

（永福よ、生きていてくれ）

戦さの規模は小さいが、これは自領を守る戦さである。利家の戦歴で今ほど苦しく苛烈な戦さはないだろう。

海からの横なぐりの雨に視界を遮られながら、粛々と人馬は往く。川尻川に近づくと、岸一帯に前田勢の後詰めを防ぐ水杭が打ち込まれている。

闇に目を凝らしても、篝火の明かり一つないところをみると、警備兵は内に引きこもっているようだ。

嘶《いなな》きを防ぐため馬の口を縄で結《ゆ》わえ、雨で締まる砂に轡《くつわ》の音もしない。二千五百の兵が動くというのに、幸いなことに風雨と波の音が消してくれている。そして遂に川尻を抜けた。

(成政よ、今、おぬし何をしている)

坪井山の本陣で、わしと同じようなことを考えているのか――いずれわしとおぬしは、対決せねばならぬ宿命であった。それがこんな北の辺地、末森とは思いもよらぬことだ。

その頃成政は、坪井山の本陣で寝つけぬ臥所《ふしど》に横たわっていた。焦々《いらいら》するのは夕刻の評定のせいである。

十日払暁、遅れてきた沢川支隊を含めて、一斉に末森城攻撃を敢行した。城といっても小さな出城で、またたくまに大手門を破って若宮丸を落とし、三の丸をも落とした。

午后となり、戦さはいよいよ大詰め、二の丸を落として食糧蔵を奪い取り、敵を本丸へと追いつめた。

更に申《さる》の刻(午後四時頃)、本丸の城門を焼き打って裸にし、水の手も切った。こうしてもうあと一押し、落城は目に見えていた。ところがその頃から雨が降りだしてきた。それにあたりが夕闇に包まれてきた。

「殿、いかがなされます。このままいきまするか、それとも……」

耳もとで囁いたのは佐々新左衛門であった。この一言が成政の血気に水を差した。落城は時間の問題である。しかし、この雨の夜攻めでは、死にもの狂いの抵抗を受けるだろう。すればこちらの兵も損傷する。

しかし、手傷覚悟でこのまま夜襲をつづければ決着はつけられる。やるべきかやらざるべきかで成政は迷った。

「評定されては」

新左衛門の催促に、やむなく攻撃を中止して本陣に諸将を集めた。すると諸将の口から飛び出したのは、いずれも夜攻めの中止、明くる朝をもっての総攻撃というものだった。

理由は、越中からの長距離行軍と、沢川支隊にいたっては、あの険難な山越えの迷走と戦闘の疲れである。

そうした大勢の反対で、成政は夜攻めを諦め、床に就いた。

（利家よ、今、おぬし、どこにいる）

清洲の赤母衣《ほろ》・黒母衣といわれた頃からのいわば競争相手だ。それが北陸の果てで、こんな形で雌雄を決することになろうとは――。

われらはもっと華々しい戦場で、わしの鉄砲とおぬしの槍で決めたかったものを。

早朝、成政は侍臣に呼び覚まされた。寝つかれなかったことと疲れで、不覚にも寝過ごしたようだ。

「末森に前田軍が突入、わが軍は慌てふためき、返り討ちをされているとの報せにござります」

「なに！　利家が末森に入ったと！　神保は何をしていた！」

（やっぱり利家奴、来おったか）

一瞬、戦慄を覚えた。それにしても、あれほど神保父子に浜街道の警戒を命令したにもかかわらず抜けられたとは。

この雨で、奴ら（神保父子）は見過しおったか――九分九厘の勝利を目の前にしながら、最後の一厘で利家にしてやられるか。

昨夜の評定などすべきでなかった。雨と疲れを理由に将兵らは夜攻めに反対し、神保父子らも川尻の警備を怠った。

その雨と闇を衝いて、利家は必死の覚悟で浜街道をやってきた。勝敗は最後の詰めで決まるか……。

成政の奇襲戦略が勝つか、利家の土壇場の執念が勝つか――勝負の鍵は雨という天運がもたらしたようだ。

夜陰の雨で天も地もぐっしょりと濡れ、その中で間断なく聞こえるものは潮騒である。それに早暁の涼気は寒気を帯びて、四囲を一層重いものにしている。

守備の神保隊の目を掠め、川尻村を過ぎると一気に砂丘（鯨峯《くじらみね》）へ駆け上った。

末森城はもう目の前である。薄紫の暁闇に、剣梅鉢印の旗が幾条も白波のようにはためき、孤城の将士に来援を伝えた。

「おーっ、おーっ」

と喚声があがり、鉦《かね》や法螺《ほら》、太鼓に合わせて鬨《とき》の声が山を鳴らした。この援軍に勇気百倍、城から出てきた城兵は援軍と合流して搦手《からめて》・長坂口の佐々沢川支隊を挟撃、右翼隊吉田口でも激しい白兵戦が展開された。

佐々隊は、連日の疲れと野営、それに寝込みの奇襲に恐慌をきたし、次々と将兵が斃れた。

利家はその中に、白刃をきらめかせている永福の姿を見て目頭が熱くなった。

（生きていたか）

これで危い橋を渡ってきた甲斐があったというものだ。

戦いはまさに逆転、一刻もかからずに終わった。佐々勢の死者が累々と斃れ、昨日までの地獄戦がまるで嘘のようだ。

「殿、有難きご来援、われら一命を拾いましてございます」

落ち窪んだ眼窩《がんか》、削《そ》げた頬、いかに凄惨な籠城であったかを物語る顔である。

「よう堪《こら》えてくれた」

途端、永福は落涙し、絶句した。

それから末森と坪井山が睨み合いとなった。

「殿、どうなされます」

佐々新左衛門の呼びかけに成政は返事しなかった。此奴の一言で、いわば出鼻を挫《くじ》かれたようなものだ。

今朝の利家の奇襲はこちらの不覚であった。あのまま続行すれば早くに勝利したのだ。こんな逆転になるはずはなかった。返す返すも残念だが、これが現実となったからは、これからを考えねばならぬ。兵力はまだ残っている。

「兵糧はどうじゃ」

「それが今日一日でござりましょう」

末森の食糧蔵から奪い取ってはきたものの、それも一日分しかないとなれば止めねばならぬ。なぜならここは前田の自領、敵はどこからでも兵と食糧の補給はつく。

それに対してこちらは無援の敵地、兵力の衰えと干乾しが待っているだけだ。

「弾はあるか」

「それが雨に濡れて……」

(敗けじゃな)

成政は呟いた。こちらの油断と、あちらの意地の勝負であった。丸一日、坪井山と末森山は無気味に睨み合ったが、成政は撤退を告げた。

粛々と山を降りていく佐々軍に、矢弾の音は追いかけなかった。そのかわり、勝利を告げる喚声が成政の耳に痛いほど突きささってきた。

(五)

それから二ケ月後の十一月末、驚くべき報せが飛び込んできた。

「殿、富山から成政殿が百人ほどを引き連れて、立山越えを始めたとか」

「なんじゃ、この厳冬に立山越えじゃと？　一体どこへ行こうというのじゃ。気でも狂うたか。命取りじゃぞ」

「こうと思うたら見境のないご仁じゃ」

いかに見境のない成政だからといって、死んで欲しくはない。弓矢の鬩《せめ》ぎはしても、無謀の死を望んではいない。

その成政が十二月末、再び厳寒の立山「さらさら越え」を辿って戻ってきたという。そこで初めて成政の無謀な旅の意図がわかった。

成政を驚愕させたのは、小牧・長久手で織田信雄が家康と組んで秀吉と戦ったが、その信雄が十一月、なんと秀吉と和睦したというのである。

(信雄ごとき……これはやっぱり家康殿じゃ)

と思い込んだ成政は、雪解けを待ちきれず、敢えて積雪の立山連峰、針ノ木峠を越えて大町から浜松へ急いだという。

家康と何を語り、何を約したかはわからないが、余程の思いが成政を駆りたてたのであろう。それにしても、この厳冬期、あの立山越えを二度もやって生還するとは、まこと不死身、奇跡というほかはない。

「殿、成政殿が戻ってきたというからは、手を打たねばなりませぬ。春になれば徳川の動きもありましょうし、それに越後とて油断はなりませぬ」

長頼のことばに利家は、早速書を認《したた》めると秀吉の大坂城に使者を送った。

天正十三年(一五八五)春、秀吉は正二位内大臣に就任し、有力公卿たちを招いて大徳寺で茶会、四月には弟秀長を差し向けて四国征伐をやり、七月には念願の関白職を手に入れ、極階に昇った。

その秀吉が十万もの大軍を擁して越中に入ったのは八月十日過ぎ、加越国境の八《や》幡《わた》峰に仮城を築いた。

成政は全兵力を結集して富山城に籠城をきめたが、山野を埋めてくる大軍に観念せざるを得なかった。

秀吉としても、若い頃から信長の幕下で戦ってきた元同志と干戈を交えたくはなかった。大軍はそのための示威である。

こうして秀吉の勧降に、成政は髪を剃《そ》り、法衣をまとって現われた。これで二度目の降伏である。

秀吉はそれでも成政の死を免ずると、越中、新川郡の一郡を与え、大坂城に出仕するよう命じた。

「殿、ようございましたなあ、これで長年の瘤《こぶ》がとれました。ほんとうにご堪忍の甲斐がござりました」

（堪忍の甲斐か……）

そんな感慨が胸を過《よぎ》った。その利家に、秀吉は元、成政の越中、新川三郡を与えた。利家はここに加賀・能登・越中三ヶ国の太守の座を手にすることになった。

「おめでとうござります」

「おめでとう存じます」

そんな声々を聞きながら、感無量であった。勝家・盛政・成政の顔が次々と浮かび、消えた。

（わしは彼等に勝ったといえるか）

そして最後に大きく目の前に立ちはだかったのは秀吉の顔であった。

第十一章 ❖ 大坂模様

(一)

関白、太政大臣という極位に昇り、姓も羽柴から豊臣と改めた秀吉は、九州征伐を終えると、二年がかりで京に造営している聚楽第《じゅらくだい》の落成を待った。来春には帝《みかど》の行幸を予定している。

天下の楽しみをここにあつめたという名の別邸聚楽第は、東は大宮から西は浄福寺、北は一条、南は下長者町の北にかかる広大な地域である。その周りに堀をめぐらし、庭には築山と池が掘られ、城郭とも居館ともつかぬ建物が幾つも棟を並べている。

秀吉の九州征伐に参陣すべく、加賀から軍勢を率いてやってきたところ、参陣は利長のみということで、利家は京の警備に残った。

そうなると気になるのは、二人の娘のことである。秀吉とは大坂城で会ったが、そんな対面の場で娘のことを訊くことはできない。それになぜか秀吉の方からも娘たちのことを口にしなかった。

とりあえずどちらに先に会ってみたいかと自問すると、やはり麻阿である。豪は生まれたばかりの嬰児《えいじ》だったため、愛着はない。それにこの期に及んで実父面《づら》もできず、関白を父にした豪からいえば迷惑至極だろう。だから豪には改めて会う必要はない。

それに対して麻阿は、秀吉の北陸討伐のいわば質となった。勝家の請いで北ノ庄に入り、十蔵との一年ばかりの婚を引き裂かれ、折角府中に戻ってきたところを大坂に引き取られた。

それから二度ばかり便りがあったが、ただ元気だということのみで、ほかのことは一切書かれていない。

こちらとしては、妹の豪と会うているか、そしてどんな処遇を受けているのかそれが知りたい。しかし、どういうものかその便りはなかった。

京の奉行所にいると、ある日福富平左の家来から、

「姫様がこちらにおられるようでございますね」

と告げられた。姫様とはどっちの姫じゃと訊くわけにもいかない。なぜなら豪のことは知る由もない家臣たちだ。

「ということは聚楽第にいるということか」

「はあ、それも加賀局《つぼね》といわれておられます」

なんじゃと！　もう少しで大声を発するところだった。加賀局では側女《そばめ》ではないか――。

色白でほっそりとした麻阿は利家似の女である。親ながら、娘の中で一番美しいと思っている。あの娘が、五十一歳の秀吉に白い体を嬲《なぶ》られていると思うと身の毛が弥立《よだ》つ。いや体が震えるほど腹が立つ。

（豪と同じ養女ではなかったのだ）

北陸の戦さを終えて、府中に立ち寄ったときから、わしの娘の一人を、今度は側女にと考えていたのか。

家来が退がると、歯ぎしりが出そうになった。

（十五の身空で、五十過ぎの老爺の側女とは）

いかに権力者とはいえ、肉体年齢は五十男だ。それも若い頃から、女騙《だま》しの手練手管や猥談の限りを聞かされてきた利家である。

（わしが弱いからだ）

娘を取られるというのに、何の異もたてられなかった自分を責めるべきだ。それにしても、

（利家の娘だけは……）

そう考えたのは甘過ぎたか。今や天と地ほどの格差のついてしまった二人だが、それでも心のどこかで、昔からの友誼の糸を繋いでいると思っていた。まつがこれを知ったら……。

天正十六年（一五八八）四月十四日、帝（後陽成天皇）の聚楽第行幸が行われた。早朝秀吉は参内し、鹵簿《ろぼ》（行幸の行列）は宮門から聚楽第に至る十五町を埋めた。行列は烏帽子《えぼし》の侍に始まり、宮廷の女輿三十挺余、供奉《ぐぶ》の衆につづいて鳳輦《ほうれん》が渡御され、次に秀吉の輿がつづく。その前駆に石田三成ら信臣が騎馬で、その後を利家ら大名二十七人が五百余人の供を従えていく。

そして十四日から十七日まで盛大な諸行事がつづき、十八日正午、鳳輦はめでたく聚楽第を後にした。

その間、利家は女房衆の中に麻阿の姿を目で探した。すると北政所《きたのまんどころ》ねねの後列、若い女房衆で埋まる中に、たしかに麻阿の顔をとらえた。その顔の、あどけないばかりの明るさに利家は一瞬目を疑った。

きらびやかな行事に目を奪われているせいか、どこにも憂いの影はない。もっと言えば、府中で見せたことのない明るさと艶やかさがある。

（麻阿は幸せなのか）

秀吉の性戯にのせられ、女身が開花したというのか。われにもあらず激しい妬心を覚え、どきりとした。

それからもう一人の娘の顔が残念ながらわからず、前もってこっそり訊いておいた。北政所様の隣に——ということで直ぐにわかった。並いる女房衆の中で、きわだって大輪の花である。見開いた大きな瞳、形のいい顔の作り、ともかく華のある存在である。

（こんなに美しい姫に育っていたか）

手放したことが惜しいくらいだ。麻阿も美しいが、豪にはともかく華がある。

この豪と麻阿に、これまで一度も接触がなかったということを、この後利家は麻阿の侍女から聞かされた。

「何故じゃ」

驚いた利家に侍女は、

「ご姉妹とは申せ、お立場が全く違いまする。姉上様の麻阿様としては、とても豪様に近づくなど……そこのところはお察しなされて下さりませ」

侍女はそれ以上は語らなかったが、秀吉という男の、姉は側女、妹が養女では姉の方が辛かろう。それに豪としても、そんな事情は聞きたくないだろう。

（二人は他人じゃったか）

それは麻阿の方から観念したのだろう。不憫《ふびん》さがまたしても利家の心を湿らせる。

それから十日ほどがたつと、またこんな話を聞かされた。

「何、茶々姫殿が側室として、安土から聚楽第に入られたと？」

府中での、気位の高かった茶々姫の顔を思い出した。

（あの姫までも）

旧主信長の姪であり、長く焦がれたお市の方の姫である。初老の秀吉の側室を強いられることの無念を、どれほど胸に刻んだことか。

それから利家は、麻阿や茶々姫のみか、既に側室となっている松の丸殿（元若狭守護武田元明の妻）、ふく（元備前岡山城主宇喜多直家の妻）や、近江日野城主蒲生氏郷の妹も含まれていることを知った。

ということは、何も麻阿だけではないということだが、五十歳も過ぎてから、孫のような若い女を次々と側室にしなくともいいではないか。

（やっぱり秀吉の本性は昔と変らぬ）

あの清洲長屋や戦陣のひととき、腰を揺すり、指を動かしてみせながらの卑猥な痴態が目に浮かぶ。そんな秀吉の玩具にされているのが麻阿である。

(娘なぞ、持つものでないわ)

（二）

葉桜から新緑となり、大坂城天守の甍が陽春の光を撥《は》ねている。そろそろ加賀へ戻らねばと思っていると、前田屋敷に思いがけぬ訃報が飛びこんできた。佐々成政切腹の報である。所は尼ヶ崎の法園寺《ほうおん》（法華寺）だという。まさかとは思ったが、そうなると秀吉が恨めしい。

(何も切腹まで――)

尾張時代から自己主張の強い、鉄面皮の成政だった。利家とはよくも悪くも鍔競《つばぜ》り合《あ》いをしてきた間柄である。その決着があの末森合戦だったが、成政の存在が利家を奮起させてきたことは確かだ。

しかし、成政が秀吉によって自害を強要されたとは悲しい。

(折角肥後に新天地を求めたというのに)

三年前の天正十三年（一五八五）、富山で秀吉に降った成政は、その後大坂城に出仕することになった。そして昨天正十五年三月一日、秀吉の九州征伐に従い、豊《ぶん》後《ご》・日向《ひゅうが》・大隅《おおすみ》へと転戦し、五月、肥後《ひご》の国守に任ぜられた。

ところが五十二ヶ領の国人と検地問題で揉め、菊地・隈府《わいふ》の城主隈部《くまべ》親永が反発、これに呼応した国侍が成政の隈本《くまもと》城を攻撃するという国一揆にまで発展した。

肥後全土の騒ぎはやがて九州北部に及び、成政はやむなく立花宗茂、鍋島直茂に兵糧援助を求めた。秀吉はそこで小早川隆景・黒田孝高《よしたか》を将として援軍を送り、ようやく国一揆を鎮定させると、隈本城を加藤清正《きよまさ》に、宇土城を小西行長《ゆきなが》に与えて肥後一国を二人に任せた。そして成政の召還を命じた。

三月半ば、肥後を発って豊後から船で瀬戸内海を渡り、四月三日摂津の尼ヶ崎に着いた成政に、秀吉の急使は上坂を許さず、法園寺蟄居《ちっきょ》を伝えた。

（さもあろう）

覚悟の上ではあったが、成政は一瞬たじろいだ。しかし、気をとり直して法園寺の門をくぐった。

それから成政は秀吉に宛てて、何度釈明と謝罪の筆を取ったことか。しかし、筆を擱《お》いてから、つまりは破ってしまった。あの秀吉に、今更何を愚痴り、何を言い訳しようというのか、己れがさもしかった。

そんな日が何日もつづいた。そして一ヶ月後の五月十三日、加藤清正が現われた。上使としての清正は成政に切腹を伝えるものであった。

「何ぞ関白殿下にお伝えなさることはござらぬか」

そう言う清正に、

「何もござらぬ」

と成政は返した。そして五月十四日、切腹の部屋に、

このごろの厄妄想を入れ置きし
　鉄鉢袋　今破るなり

という辞世の一首を残した。

「そうじゃったか」

利家の身中を淋しさと空しさが吹き抜けた。

それから四、五日利家は屋敷から出なかった。光を撒くような明るさと緑の戦《そよ》ぎが恨めしいくらいだ。と、侍臣が戸口に手をついた。

「只今聚楽第から使者が参りまして、殿にご出仕なされたいとのことでございます」

何だろうと思うよりも、正直なところ、今秀吉の顔を見たくはないというのが本音だ。しかし、そういうわけにもいかず、用意を整えると十数人の供を連れて騎馬で京を目ざした。その日のうちに京に着き、明くる日聚楽第を目ざした。

帝の行幸以来で、あの日、見物人でぎっしり埋めた通りは人もまばらだ。それもそのはず、瓦を載せた築地塀《ついじ》が延々と道を圧するばかりである。その塀に沿って聚楽第の門をくぐった。

この邸のどこかに娘麻阿がいると思うと、複雑な気持ちだ。それにしても、一体秀吉は何を言いたいのだろう。あれこれと思いめぐらしながら、取り次ぎの侍者について、長い廊下を幾曲りもしながら一つの部屋に案内された。

まだ木の香の残っている部屋は瀟洒《しょうしゃ》で、対面の間というより居室の感じだ。床柱を背に上座が用意されている。暫くすると足音がして、

「只今殿下のご出座にござります」

と侍者が報じてきた。するとその声が終わるか終わらないうちに、上壇の戸が開いてきらびやかな羽織を着た秀吉が現われた。ひれ伏した頭の上で、

「おお、利家、待っておったぞ」

と昔と変わらぬ秀吉の声がした。

「関白殿下にはご機嫌麗しゅう、恐悦至極に存じ奉ります」

こんな大仰なもの言いをするのは初めてだ。それも清洲時代の秀吉に、這《は》いつくばっての口上である。あの成政もこのようであったかと思うと胸がやける。すると秀吉は、

「なんじゃ利家、そうしゃっちょこ張るな。今日はの、いい話をしたいと思うて来てもろうた」

と皺面に笑みを湛えた。

「何か？」

大体大げさで、面白軽みの秀吉である。また何を言い出すのかと耳をそばだてるや、

「縁組みじゃ」

といきなり言った。

「縁組みと？　どなた様の」

「おぬしのよう知っている者じゃ」

「知っているとは、はて？」

「豪じゃ、余の娘じゃよ」

　いきなり豪の名が飛び出したこともさることながら、それ以上に驚いたのは、余の娘じゃと言ったことばだ。

　たしかにわが娘《こ》とはいえ、襁褓《むつき》のまま送った子どもだ。今更心慌てて何とする——。

「それは祝着に存じまする。してどなた様と」

「いい男じゃぞ。ま、母御がいいからの。それはよいが備前岡山城主宇喜多直家の息、八郎じゃ。これを引き取り、養子にしておったが、一昨年元服させ、秀家と名乗らせた。十七歳じゃ。

　それに豪は二つ違いの十五、まこと雛《ひな》の夫婦《みょうと》じゃ。来春が待たれるわ。それをおぬしに知らせとうてな。ねねも喜んどるが、これをおまつ殿に知らせてくれ。いや、北陸はもう問題なかろう。おまつ殿をこちらに呼んでわれら仲良う過ごそうではないか」

「はっ、有難き仕合わせ」

　とは言ったものの、清洲時代のようにはいかない。

「どうじゃ、豪と対面してみるか。なんじゃったらここへ呼ぼう」

「いや」

利家は反射的に遮った。

「どうして？」

「姫様にはお会いいたしませぬ」

「おぬしじゃとて見たかろう。会うてみたかろう。そりゃあおぬしに似て佳《よ》か姫じゃぞ」

それは聚楽第行幸の盛儀の座で、遠目に瞥見《べっけん》している。あのとき実父の感情を抑えたのだ。それが今、目の前にこられては感情の行き場に戸惑うではないか。

「殿下の姫君にござるゆえ」

利家は自分に言い聞かせるように言った。

話が一段落すると、秀吉は言い残したことがないようにと、首を少し傾げながら貧乏揺すりをした。それから脇息を引き寄せると、

「わしは早まったことをしたと思うている」

と囁くように言った。

「何のことで？」

「成政奴《め》を死なせたことじゃ」

「ご本心にござりまするか」

「そりゃおぬしにとっても成政は永の瘤《こぶ》であったように、わしにとっても油断のならぬ瘤であった。したが奴の器量を思うと、早まったと思うている」

信長の各戦に従軍し、越中での対上杉戦略・戦術、更に「さらさら越え」にみる冒険と体力等、武将としてまだまだ使うべき価値のある男であった。

「早まったと仰せあるからは、ほかに？」

天下人として極階に昇りつめた男が、ほかに何の野望があるというのか。

秀吉は暫く黙したが、利家を手招きした。

「おぬしじゃから打ち明けるが、小田原征伐の後、余は朝鮮出兵を考えておるのじゃよ」

「なに、朝鮮でござると！」

利家は一瞬眩暈《めまい》がした。

「ま、そのうち追々わかるであろう。そうなると、蛮勇の成政の使い所じゃ。そのための肥後守であったを、わしとしたことが、国一揆ごときで、後日為になる成政奴を消したことを、つくづく悔いているのじゃ」

人にはそれぞれ使い道がある。それを己の目先の利得や感情で消し去るものではないと悔やんでいるようだ。

「成政殿に代わって、私奴がその異国《とつくに》に参陣つかまつりましょう」

それは決して秀吉におもねるものではなく、無念の死を迎えた成政への憐情からであった。

(三)

「どうじゃ、大坂城の偉《おおき》さは想像以上であろう。よかったら女房衆に案内してもろうて、暫く大坂見物をしてみたら」

尾山から出てきたまつに、利家はそう言って旅の疲れを慰めた。

「まあ、そのうちに」

とまつが利家の勧めに乗らないのは、まだ見ぬ娘、豪の婚儀のことである。たとえ乳呑児《ちのみご》のまま別れたとはいえ、脳裏から離れぬ瞼《まぶた》の娘である。

それに麻阿のことも聞かされた。豪のように、秀吉の養女かと思いきや、なんと側室だったとは哀れ過ぎる。それも一人の男の、姉は側室、妹が養女ではなんともやりきれない。

今度の婚儀を、麻阿はどんな思いで聞いたことやら――それを思うと涙が出る。

そして迎えた婚儀の日、大坂城本丸御殿で、関白の姫と関白の猶子《ゆうし》宇喜多秀家の祝言が公卿風に行われた。

居並ぶ陪席の中に、利家夫婦も混じっていた。今日の花嫁が、実は利家夫妻の実子だということを知る者はいない。勿論豪姫本人も知る由もない。

「どんなことがあっても涙を見せるでない」

と利家からきつく言われてきたまつである。高く結いあげたおすべらかしに袿袴《けいこ》姿の豪は、あまりにも高貴で美しく、とてもわが娘だとは思えないくらいだ。

清洲長屋の秀吉夫婦が天下人になると、娘までこんなふうに変わるものかと驚かされる。それに婚儀の間、チラと一度目が合った。けれどそれは他人を見る眼差しだった。

(手放すとはこういうことか)

納得と諦めがついた。婚儀が終わって帰ってくると、

「どうじゃった」

と早速利家から訊かれた。

「すっかり諦めがつきました。われらの娘なら、あんなに立派な婚儀などできませ

んからね。それに麻阿がいなくてほっとしました。皮肉なものですね」

「ああ、そうじゃのう」

利家とまつは同じ思いを抱えながら寄り添った。

「娘とは難しいものじゃなあ」

「いいえ、娘が難しいのではありませぬ。秀吉というお方が、難しいことをなさるのです。われらにこんな思いをさせるなんて」

まつの焦立ちと悲しみはわかっても、関白殿下の秀吉に何が言えよう。

その関白殿下にものを言える女が一人いる。噂の茶々姫である。この茶々姫がなんと妊《みごも》ったことから秀吉は、洛西の淀川・桂川・木津川を三方にめぐらす一角に築城を急ぎ、そこに茶々姫を女城主として入れた。以来彼女を淀の方、又は淀殿と呼ぶようになった。

この淀殿がなんと五月二十三日、男子を出産した。長浜時代、側室の一人が男子を挙げたが夭折《ようせつ》。そこで信長・家康・宇喜多（直家）の子や、妻ねねの親族の息子たちを次々と養子にしたが、五十三歳にしてわが子に恵まれたのだから大変だ。城一つを茶々に与え、手の舞い足の踏むところを知らぬという喜びようで、早速「鶴松」というめでたい名をつけた。

そして鶴松誕生祝いの使者が、公家・大名、京や堺の商人たちから続々と大坂城に入った。

ところがめでたいめでたいと喜ぶのは当の秀吉のみで、城の内外や京・大坂雀たちは、ひそひそと囁き合った。つまり淀殿の生んだ鶴松が秀吉の子でなかろうという推測である。

それがきっかけで、北政所ねねとまつの人間的な接触が始まった。

ある日、まつは新緑に招かれるように屋敷の玄関を出た。京あたりまで出かけるゆとりはないが、大坂城郭の中をそぞろ歩くようになったこの頃である。

三人の侍女と少し歩くと、彼方から七、八人の侍女に囲まれてくる一団の女房衆に出会った。なんとそれは大坂城の主、関白殿下の北政所だったのだ。きらびやかな衣装が初夏の光に撥《は》ね返っている。

「これはこれは北政所様、加賀前田のまつにございます。なにしろこの頃どうやら雪国から出て参りました田舎者にて、ご無礼つかまつりました」

と深々と頭を垂れると、

「ああ、これはお懐かしや加賀のおまつ殿。折角ここで行き会うたからは、少々お話などいたしてみよう」

と意外なことを言われ、びっくりした。誘われたところは内堀をのぞむ樹陰の四阿《あずまや》であった。四阿の中は二人きりで、侍女たちは外に立った。

「ほんにお久しゅうございます。それより何より大変なご出世で、こうしてお招きいただくなど恐れ入るばかりで」

と恐縮する。ところが北政所はこんなことを囁いた。

「実はおまつ殿に会いたくて、時折こうして前田屋敷の近くまできていたのじゃ」

「まあ、わたくしに——」

まつは思わず嬉し涙をこぼすところであった。

「あれから何年経ったことやら」

と清洲以来の空白を埋めながら、美しく育った豪のことなどを語る口ぶりは、昔のねねと変わらない。それに目を剝くばかりの綺羅《きら》をまとい、化粧に顔を隠しても、生地は元のままである。そしてことば使いまで清洲長屋の頃に帰る。

「ほんまは豪を、わたしの甥、辰之助と一緒にさせたかったを、秀吉は小早川へ養子にやり、かわって備前の女の息子（宇喜多秀家）に妻合《めあ》わせてしもうた」

「そうでしたか」

それからねねは、秀吉が母や姉、弟たち、そしてねねの一族を一門衆として家臣団の上席に引きあげてくれたことを、やや誇らしげに語った。

「ほんとにねね様、いや北政所様は玉の輿、いやいや金の輿にございましたね。お陰でわれら前田もお引き立ていただき……」

と頭を下げると、ねねは腰をあげて身を寄せてきた。四十歳を過ぎているねねの目尻には皺が刻まれ、こめかみの辺りには白いものが見えている。

（何か？）

まつは身を固くした。

「おまつさまもあるいは耳にしているやもしれぬが、鶴松のことじゃ」

「……」

「あの子は秀吉の子などではない。秀吉にはもう子種などないのじゃ。十余人もいる若い側室のどの胎《はら》にも出来ぬというに、どうして茶々殿だけが妊る。あれは茶々殿のいわば不義の子じゃ。それをどうして秀吉は……」

そこでぐっとねねは詰まった。

「おまつさまも知っての通り、若い頃からの女遊びに、わたしはほとほと手を焼き、信長様にまで訴えたくらいじゃった。

その癖は今も直らず、五十三になっても、娘のような妾を置いて、さんざん楽しんでいるわ」

その中に、麻阿まで引き込まれているということは、やはり言えなかった。

「不義の子などと仰せられても、何かお心当たりでも……」

「ああ、ないわけではない。したが悔やしいことに、秀吉はそれも承知でわが子としておるのじゃからどうにもならぬ」

「お心当たりはどなたで」

「いや、それは言えぬ。それに、茶々殿を悪しざまに言えぬ弱味もこちらにあってのう」

とねねは肩を落とした。

悪しざまに言えぬ理由は、茶々が旧主信長の姪であること。それに茶々の父、浅井長政（近江小谷城主）を討ち、その城を奪ったこと。それから次は、茶々の母お市の方の再嫁先、越前北ノ庄の柴田勝家を討ってお市の方もろとも炎上させたことである。

即ち茶々にとって秀吉は、小谷・北ノ庄と二度にわたる怨敵なのだ。その怨敵秀吉に、茶々は側室を強いられた。その茶々が、どんな形で秀吉に報復するか。それがこたびの妊娠であり、鶴松の出産だと考えられる。

それを承知で秀吉は、わが子として受け入れたのだ。それは茶々姫への贖罪《しよくざい》であり、また、子のない秀吉の唯一の弱味である。

ねねはそれを承知しながらも、本音の愚痴を語りたいのだ。しかし、それを語る相手は城中にはいない。秀吉の母大政所ながいても、所詮は姑である。

鶴松のことを、そこまで語り、語ることで胸のつかえを下ろせる相手は、考えてみたらまつだけだったのだ。


その夕、まつは何ともいえぬ懈怠《けたい》感と、逆にまた不思議な満足感を覚えていた。二十年ぶりという懐かしさと緊張感、それと今や権勢の頂点にある奥方でいながら、いや増す夫の女関係に悩まされつづけ、鶴松の誕生さえ喜べないねねである。

それからみれば利家は、出世競争に後《おく》れをとり、かつての同輩の足許にひれ伏す身なれど、まつにとってはこよなき夫である。この年になっても側室に子もなく、まつを大事にしてくれる利家である。

その利家が、秀吉の次なる戦さ――北条氏の拠点、小田原征伐に北陸方面の総指揮官となって尾山城から出陣したのは明くる天正十八年(一五九〇)三月であった。

第十二章 ❖ 天命

(一)

佐々成政を切腹させた秀吉が、大坂城に利家を呼んだのは四年前である。養女豪《ごう》の縁組みを伝えるためだったが、そのとき耳打ちするように、北条を討ってから後、朝鮮出兵を考えているなどと打ち明けた。

その時、利家は半信半疑だったが、それから三年後の天正十九年(一五九一)、秀吉は「唐《から》入り」の前線基地として、肥前名護屋《なごや》に諸大名に命じて築城を急がせた。それのみか、十一月には関白職を甥の秀次に譲り、自らは「太閤」となって本格的外征に取り組むという勢いだ。

こうした野望に拍車をかけたのは、八月、愛児鶴松の夭逝《ようせい》である。生来虚弱だったが、三歳の死は、近江長浜時代初めてもうけた石松丸の早世と重ね合わせて秀吉を狂わせた。

小西行長ら先発隊が二十余万という大軍をもって渡海し、秀吉の率いる本隊十万も名護屋に入った。その中に八千の兵を従えた利家も混じっていた。

毎日毎日港を出ていく兵船でごった返す前線基地も、三ヶ月ぐらいのうちは捷報がもたらされたが、五ヶ月もすると膠着状態となった。そこへもってきて水軍の敗け戦さにより、食糧・弾薬の補給が不可能となり、戦局は逆転してきた。

そんな時、秀吉の母大政所なかの訃報に、秀吉は慌てて大坂に取って返した。

その間、朝鮮戦線はますます悪化し、年が明けた文禄二年（一五九三）、講和条約を締結しなければならなくなった。

事実上の敗戦であり、朝鮮からの撤退が始まった。そんな混乱の中で、愛妾淀殿の男子出産の報せに、秀吉は再び大坂へ飛んで返り、そのまま戻ってこなかった。

そうした秀吉の行動を、利家は外征の前線基地で考えざるを得なかった。

（秀吉は変わった）

かつての本能寺の変後の動きといい、近江柳ヶ瀬の戦さといい、その敏速さと果敢は目を見張るものがあった。それこそが天下取りの機略であり才智であった。

しかし、ここで見る秀吉は傲慢な権力者でしかない。国内で飽き足らず、異国にまで遠征する野望とは何か――そのために朝鮮を荒らし、異郷に散った兵の屍は数知れない。

その間、城内では酒と女に溺れ、淀殿の出産に狂喜して前線を放棄し、大坂に帰った。秀吉らしいといえばそれまでだが、国家的外征の総帥としてとるべき態度ではない。

（権力亡者の成れ果てか、それとも耄碌《おいぼれ》たか）

秀吉に対する失意と幻滅であった。

引き揚げの兵送還などの軍監に当たっていた利家と家康は、否応なしに顔を突き合わせることになった。

「殿下も年を取られましたな」

家康のことばにも、言外に秀吉軽侮が感じられる。家康は信長の盟友だったが、その後秀吉に招聘《しょうへい》され臣下となった。しかし、警戒心の拭えぬ秀吉は、小田原の戦さの後、家康を僻遠の江戸に移した。

それからも、表向きは家康を遇しながらも、牽制の必要から家康の右に利家を配した。

かつて利家は成政を意識して争ってきたが、今では家康に対する形となった。即ち、家康の官位昇進に伴い、利家も連動するといった具合で、好むと好まざるとにかかわらず、秀吉の政略に組み込まれた。

それがわかっているだけに、こうして双方が西国の果てで顔を合わせることに気骨が折れる。

「この戦さに何か実入りがありましたかの」

五十二歳の家康はぎょろりとした目を利家に向けた。

「ありませぬなあ」

「物と人の大浪費じゃったことを、殿下自身気がついておられますかの」

そのことに後悔と内省がなければ、次は何を言い出すかわからない。

「お子が産まれたからは、もう戦さどころではありますまい」

「ハハハ……そうじゃのう。五十七歳の世子とはのう。五十二のわしは六男じゃ」

「ほう六男とは羨ましい限り。わしなど二男六女でござるわ」

と笑いながら実は最近一人男児《こ》が出来たことを言いそびれた。名護屋滞陣が長引くということで、各大名は国元から妻や側室などを呼び寄せていた。

尾山にその旨を告げると、なんと若い女が送られてきた。

「奥方様から仰せつかりました」

と掌《て》をついた女は二十二歳のまつの侍女お千代保《ちよぼ》であった。そのお千代保に手を付け、淀殿が大坂へ戻る一行について、尾山へ帰した。そのお千代保が男児を産んだのだ。まつには悪いと思いながらも、さすがに男児と聞いて顔が緩んだ。それがどうして秀吉に聞こえたのか、「猿千代」とせよと告げられ、止むなく「猿千代」の名を尾山に送った。

「淀殿の和子《わこ》と言うても、誰の胤《たね》やら」

と、鶴松のときより更に陰口は大きい。しかし、そんな陰口など耳に入らぬ秀吉は、おろおろしながら赤児を抱いた。

(今更和子など産まれて行く末どうなる……)

ますます老欲を強めていくのではないかという不安が秀吉の重臣たちにあった。

そのあらわれが伏見築城である。

伏見桃山一帯の広大な地域に、五十町四方の城郭を拡げ、五層の天守を中心に、本丸、二の丸、三の丸とつづいて、外郭に二百数十にのぼる大名屋敷を建設させた。

そして秀吉は伏見を居城にすると、大坂城を第二子「お拾い」に譲ると宣言した。

その頃からである。聚楽第の関白秀次の行状が町なかで取り沙汰されるようになったのは。

どこまで事実かどうかわからぬが、老人・障害者等、つまり弱者の試し斬りや、人妻・娘の見境いない掠奪、果ては帝《みかど》の喪中に狩猟をしたなど、人呼んで「殺生《せっしょう》関白」の異名をとるという不行跡ぶりである。

（どうして秀次が）

あれほど叔父秀吉を畏れ敬していた秀次の変容は何故か。それは「お拾い」誕生にある。

いつか関白の座を追われると予見した秀次は、徳川方の重臣を聚楽第に引き入れたり、朝廷・公卿への高額の献金を行った。これが秀吉の逆鱗に触れることになった。

そして遂に秀吉は関白職を剝奪、高野山に追放した挙句、切腹まで命じてしまった。それのみか、秀次の重臣たちへの断罪から、正室の父、公卿の菊亭晴季まで遠島に処した。

「京の夏は尾山に比べて暑いのう」

「あら、殿、もう尾山ではのうて、金沢になりましたよ」

「そうじゃったなあ。したが暫くは馴染めぬ名じゃのうハハハ」

秀吉の朝鮮出兵に際して、利家が名護屋に在陣中、留守を預る利長に尾山城の修築をさせた。そして利長は尾山改め金沢とした。

「金沢」の由来は、犀《さい》川の上流、倉谷金山から流れ出る金の小粒から「金洗《かな》い沢」といわれていたものを、金沢としたものである。

利家としてもこの際、佐久間盛政の「尾山」から一新する必要もあり、息子の「金沢」改名を喜んだ。

「ところで殿」

とまつはいっぱいに戸を開けて、庭から風を入れている縁先で利家に囁いた。

「この八月二日の三条河原の刑をお聞き及びですか」

「うーむ、一寸は耳にしたが」

京三条河原の刑とは、秀次を切腹させただけではなおおさまらぬ秀吉が、秀次の妻妾とその子ら三十余人を三条河原に引き据え、大勢の見物人の前で次々と首を刎ねた事件である。

「あまりといえば酷《むご》いお仕打ちではありませぬか」

「その通りじゃ」

「いかな秀次殿のご乱行とはいえ、因《もと》はといえば殿下の方にあるのでは」

「そのことを口にするではない」

利家の眉のあたりが沈んできた。

「お変わりになりましたねえ、殿下は」

「うむ」

「したが、そんな殿下を、殿はお諫めする立場にあられるのでは」

「うーむ」

名護屋から帰ってきてから、このところ髪もすっかり灰色になってしまった利家は、溜息まじりに目をそらした。その目に高々と屹立する伏見城の天守が映った。

「難しいのでしょうが、それでも殿は、殿下にものを申し上げるべきでは」

「それはそうじゃが」

「恐れておられるのですか」

「いや」

恐れると言うなら、それは信長に対して抱いたもので、秀吉に対してではない。それよりもっと絶望的とも言えるのは、秀吉の耄碌《もうろく》ともいうべき老害である。その老耄《おいぼれ》に生臭さを与えているのがお拾いの存在である。

五十五歳で三歳の子を失い、あろうことか五十七歳で第二子ができた。本来なら燻《いぶ》し銀の老境にあり、安定期を迎えているはずの為政者である。それがあられもない狂騒を始めたのである。

人生が狂ったというべきだ。そして再び権勢欲にとりつかれた人間に、何が期待できよう。

「無理なのじゃ」

利家は大吐息をした。

「あの年で、子どもが出来てはいかんのじゃ。それに、秀吉は物を大きゅう持ち過ぎた」

「そうですね」

まつも二の句が継げず頷いた。

(二)

秀次を断罪してからまるで気が抜けたように秀吉は床に就いた。労咳《ろうがい》である。しかし、どんなに横になっていても気力は衰えない。秀吉の気力を支えているのは戦さでも色欲でもない。ただただお拾いの存在である。

そこで年が明けた文禄五年(一五九六)、四歳のお拾いを元服させ、秀頼《ひでより》と名づけ

た。そして傅役《もりやく》を利家に命じた。びっくりした利家は、

「某《それがし》も年でござれば、もっと若い者を」

　と何度も固辞したが、

「わしとおぬしの間柄ではないか。おぬしを措《お》いて誰がおる」

　と頑なに言い張った。すると、そこへ手を取られた幼児が入ってきた。なんという愛らしさ。その無心な顔に思わず猿千代を思い出して胸が熱くなった。

（いよいよわしは抜けられぬことになった）

　秀吉の病は相変らず一進一退を繰り返したが、五月には床を払い、秀頼の宮中参内を実現した。

　京に新しく造営した別邸から御所までの道を、延々と豪華な行列がつづく。秀頼傅役の利家は、列にあって、沿道の人垣から羨望と敬意の眼差しを浴びた。そしてこの後、権中納言から大納言への昇進を果たしたのである。

　利家の出世とは裏腹に、まつはこの頃気鬱である。気鬱の理由は幾つかあるが、まず利家が秀頼の傅役になったことだ。

　鶴松誕生の時でさえ、北政所ねねは不機嫌をあらわにしてまつにこぼした。その

鶴松が早世したため、秀次が養子となり関白になった。ところが秀頼の誕生で秀次は関白の座を追われ、挙句に切腹までさせられてしまった。

そんなことを語り合うにも、朝鮮の役で北政所を訪ねる余裕はなかった。どんなに秀頼の誕生を苦々しく思っているか想像されるからである。

しかも秀頼傅役に、老境の利家が就いてしまったのだから、北政所は面白いはずがない。そんなことから伏見城を訪ねる勇気がでてこないのだ。

次に猿千代のことである。身の回りの用をと、まつに代わってお千代保を送ったところ、なんと懐妊するなど——側女として送ったわけではないのに、妻の侍女に手をつける利家も利家なら、身を保持しなかったお千代保もお千代保だ。そんなわけで猿千代母子を城へ入れず、幸《こう》の嫁ぎ先、前田長種に子を預けた。五十六歳になる老境の夫を詰《なじ》るのは、北政所と同じように妬心なのだ。

妬心といえば、長浜時代の北政所が、石松丸と名づけた秀吉の脇腹の子を、ひそかに薬殺したと聞いている。以来、女遊びに事欠かぬ秀吉なのに、どの腹からも子は出来ない。

そして、胤《たね》をあやしまねばならない淀殿の子を、受け容《い》れざるを得なくなった。因果とは恐ろしいものだ。あの石松丸が生きていれば、今は二十歳《はたち》を越えていよう。勿論、仮定の話だが、そうなれば秀次の起用も自害もなかったろう。そして淀殿の子に苦しめられることもないのだ。

（となると……）

ハッとした。卒然わが家のことが気になった。わが前田家はどうだ。

三十五歳の利長にも利政にもなぜか子はない。子というものは、次々と否応なしに出来るもの、まつの人生はまさに子を産むためのようなものだ。出来ないことの方が不思議なくらいだが、秀吉・ねね夫婦どころか、わが息子たち夫婦にも子がないではないか。これは一大事である。

（そうなると）

頭に浮かんできたのは秀頼と同い年の猿千代の存在である。侍女お千代保に腹を立て、母子を遠ざけたものの、その猿千代こそわが家の大事な救世主になるやもしれぬ。

決して決して北政所の轍を踏んではならない。そう思うと、お千代保を名護屋に送り込んだは、いわば前田家の嗣子を作らせんがためのようなものだった。

これを因果と考えるなら、天の与えし配剤を、有難く容《う》けなければならないだろう。

（そうじゃ、殿に猿千代がことを申し上げねば）

気が楽になった。四歳の可愛い子なら孫のようなものだ。孫と思えば憎めない。利長の嗣子として利長の側で育てねばならないだろう。

そう思うと急に金沢へ帰りたくなった。きらめく大坂城や聚楽第、そして伏見の権勢の中にいても、利家の顔はくすみ、体力を失っていくばかりだ。

われらはこんな頽廃的な繁栄と虚構の中に身を置くことはない。美しい雪に囲まれ、川音に耳安らぐ金沢の方がどれだけ身に適《かな》った所か。

いや金沢ばかりではない。今や越中・能登・加賀と三国を領するからは、富山も七尾も折々顔を出さねばならぬ。

そんなことを思うまつである。

それから二年経った慶長三年（一五九八）三月十五日、京で、この世の天上有楽とばかり挙行されたのは秀吉主催の醍醐の大観桜会である。

当日秀吉は秀頼の手を引き、側近衆に諸大名を従えて三宝院に入り、きらびやかな女人衆の輿がこれにつづいた。そして上醍醐から下醍醐へかけて、広大な観桜の酒席・茶席を設け、この世の悦楽をくりひろげた。

、まつの心を弾ませたのは、花見の豪奢よりも、二人の娘に会えた喜びである。

「盛大なお花見にございましたねえ。北野のときも大変だったと聞いていましたが、これだけ豪奢な花見は初めてです。それに麻阿と豪の元気な姿を見ただけでわたしは大満足です」

しかし利家はむしろ逆である。

人の命の極みも見、あわせて己の体力の衰えも意識している利家からみて、醍醐の花見は秀吉の命の最後の花火を見せつけられた思いだ。

いかに派手を装うても、いや、装えば装うほど老醜はきわ立ち、手を引く幼な児とのくい違いを見せつけられた。

そんな老権力者の後に、ぞろぞろ従う若い側室たちのなんと滑稽なこと。その中に娘の姿があった。それゆえに利家は気が重く、麻阿とはとうとう目を合わせなかった。

それに、こんな春を楽しむことに引け目がある。朝鮮の役は停戦したにもかかわらず、昨慶長二年、再び朝鮮出兵を号令し、多くの兵と出費を重ねている。しかも秀吉や自分は名護屋へも出向かず、幼い秀頼にかかりきりである。

（前線の兵はこれを知ったら何とする）

今や老害政治以外の何物でもない秀吉を、権力の座から引きずり降ろすことのできるのは天命でしかないだろう。その天命を予感しているのは秀吉本人であり、利家ら重臣たちである。

秀吉は秀頼と豊家の行く末を案じ、五大老に家康・利家・毛利輝元・上杉景勝・宇喜多秀家を配し、更に五奉行に浅野長政・前田玄以・石田三成・長束正家・増田長盛を置いた。そして、各人から洩れなく秀頼に対する忠誠を約する誓書を提出させた。

伏見の天守に秀吉が横たわっている。先程まで北政所が付き添っていたが、今は二人の侍者が夏の暑さを嫌って煽ぎどおしである。

その日、利家は秀吉からの急使で、急ぎ城に駆けつけ、秀吉の枕頭に坐した。

「お加減はいかがにござりまするか」

当代の名医曲直瀬《まなせ》玄朔《げんさく》は、既に聞かされていたらしく、利家に一礼すると、静かに枕辺を離れた。

「今日おぬしに来て貰うたは、おぬしだけに明かす遺言じゃ。そのように受け止めてくれ」

「そのような気弱なことを」

とは言ったものの、落ち窪んだ眼窩に、削《そ》げた両頬、細い首など、まるで髑髏《どくろ》のようだ。

（死期は近い）

利家は咄嗟に感じた。

「おぬしに来て貰うたは」

「は、はあ」

利家は躙《にじ》りながら顔を近づけた。

「五大老の筆頭に、家康を付けたが、わしは家康を信じておらぬ。おぬしだけを信じておる。家康は気長にわしの死を待っておる。そしていよいよ豊家の切り崩し策に出よう」

「……」

「厄介なのは女子じゃ」

「女子と？」

「いい年をして、ねねの淀への嫉妬《やっかみ》じゃ。このところねねは、わしの死後を考えて、清正・正則・加藤嘉明ら尾張衆を語らい、三成らの近江衆と対立の動きあるとみておる。そこを狙うているのが家康。この急場に、女の浅知恵がどういうことを招来するか、よう言い聞かせているのじゃが、これはおぬしの方からもとくと話して貰いたい。いつの世でも、滅びの因《もと》は外より内にあるとな」

そう言うと秀吉は、骨のような手を利家に預けたまま昏睡状態になった。この手で信長の心を把み、連戦連勝、大坂築城を果たし、位人臣を極め外征までやってのけたのだ。

そんな男の最期が、こんなに肉親だけの情をさらけ出す弱い凡夫だったとは——。

利家は、掌《てのひら》に預けられた骨のような細い手を握りながら、戦場での幾多の死を想った。彼等はどんな想いで逝《い》ったのか。成政はどうだ。死の間際まで秀吉への恨みを持ちつづけた男だった。未完の人生を断ち切らざるを得なかった成政の終焉《しゅうえん》はこんなものではなかっただろう。

故殿（信長）はどうだ。勝家殿はどうだ。いずれも落城の火の中で自裁された。それからみれば、己が天守でむき出しの弱音を吐くなど、秀吉は幸せ者だというほかはない。

（太閤殿、お身様は幸せ者でござったよ）

そう呟いて細い手を握りしめたが、その手からは何の反応もない。それが逆に利家の心を空《くう》にした。

「太閤殿、太閤殿」

呼べど昏睡から醒める様子がない。途端、今度は寂寥感に襲われた。良くも悪くも、利家の人生に大き過ぎるほどの関わりを持った人物である。

百姓の成り上がり、弁巧の野心家、大見栄の城造り、上物集めの山吹(側女たち)等々、秀吉に対する町人たちの口も喧《かしま》しかった。それでも彼は強く太く生きた。

それゆえに、この男を失うことの淋しさが胸を衝いた。

(もう一度、目を開けられよ。利家と呼んで下され)

利家ははじめて秀吉の前で涙を流した。

秀吉の死はそれから二日後、即ち慶長三年(一五九八)八月十八日、六十二歳であった。

露と落ちつゆと消えにし我が身かな
難波《なにわ》のことも夢の又ゆめ

の辞世の歌が秀吉の侍女孝蔵主《こうぞうす》から披露された。しかし、秀吉の死はその遺志により秘匿され、京の東山、阿弥陀ヶ峯に密葬された。

朝鮮戦線の結末をなし得なかったことへの自責と遠慮からである。朝鮮からの空しい引き揚げが始まったのは九月に入ってからである。

㈢

昨年の四月頃から利家は体の不調を意識していた。不眠・懈怠《けたい》に加えて、下半身の疼痛に悩まされるようになった。

「温泉にでも行かれましては」

とまつに勧められ、加賀の温泉場に出かけた。新緑の山崖に見とれ、大聖寺《だいしょうじ》川渓谷の音を聞きながらの湯治である。

快い温もりと穏やかな気持ちの中で、ゆくりなくも思い出したのは越前三国湊の問丸、森田三郎左衛門である。あれから三国湊を訪れることはなかったが、もう一度会ってみたい男だった。

二十四年も経った今、あるいは三郎左が生きているかどうかもわからぬ。生きていればもう七十の半ばを越しているはずだ。

犀川の河口、金石《かないわ》の港に三郎左を船で招いてもよかったものを……。

そんなことを思う湯舟の中である。

ところが秀吉に死なれてからは、そうそう京・大坂を離れることができなくなった。それに、

「爺」

と肩や膝に戯れる秀頼が愛しく、つい無理を重ねることが多い。だからかこの頃では脚も腰も痛く、立ち上がるのに骨が折れる。

(これではいかんな)

と、思い切って金沢へ帰り、いつもの湯を求めていく。渓谷はいつのまにか錦繍にいろどられ、渓流に五彩を映している。

(極楽じゃなあ)

秀吉の金の湯舟より、青い空と錦繍を川面《かわも》に映す露天の湯こそ最高の贅である。

金の湯舟など、今となっては絵空事でしかない。

「難波のことも夢のまた夢」と言い遺した辞世の心境はどうであったか——。

あれだけ壮大なことをやりとげた男でも、空しいと言う。それは多分、後継に危うさを感じていたからではないだろうか。

一代だけの城——そんな予感があのような辞世を遺させたのだ。

（人は生まれ、そして死ぬ）

その運命《さだめ》は、自分に近づいていることも確かだ。そんな自分に、秀頼の未来と前田の行く末がいつまで見られるか。

ふらっとなって、利家は慌てて湯から体を起こした。


秀吉の遺言により、秀頼と淀殿が大坂城西の丸に移り、傅役の利家もこれに従った。そして替わって伏見城に入ったのは家康である。

ここで変化があらわれたのは、秀吉に提出した五大老・五奉行の誓書が反古《ほご》となり、十人でこれからのことを協議するという誓紙に変わったことだ。家康の差配によるもので、誰もそれに逆らう者はなかった。

年が改まり、二月十八日から十日間をかけて秀吉の盛大な葬儀が行われ、利家は相当無理をして体を悪くした。

「爺、どうしてそんなに寝てばかりいるのじゃ」

と顔を出してくれる秀頼の愛らしさが唯一の慰めである。その重篤の利家を、家康が伏見から見舞いにくるという。本当のところ、きて欲しくはない。恐らく家康は、その目で利家の寿命を見極めにくることがわかるからだ。

「元気を出してくださりませ。殿はお気の弱いところがございます」

長く連れ添った妻ならではのことばだが、本当のところ元気がでないのだ。そしてともかく三月一日、家康を迎えることになった。

家康は屋形船で淀川を下ってきたが、船内はともかく、川岸に沿った陸路にまで弓・鉄砲を構えた兵が並ぶというものものしい警戒ぶりだった。それは前田方も同じで、城の内外ともに厳重な警戒態勢であった。

家康は広間かと思いきや寝室に通され、病床の利家を見舞うことになった。そこではっきり利家の先のないことを見てとった。

家康の柔らいだ眼差しや緊張感のない表情から、利家は自分の命脈を悟られたと思った。利家がかつて秀吉の病床を見舞ったときと同じである。

(ここに至ってはもはや何の駆け引きもない)

利家は、家康の見舞いへの礼と、これからの大坂のありようや秀頼の行く末を頼んだ。それが終わると、

「何かほかにござらぬか」

と家康はおだやかに訊いた。利家は暫く黙っていたが、おもむろに口を開いた。

「これが今生《こんじょう》のお別れにござろう。そこで利長のこと、よしなにおたのみ申す」
そう言ってから、われながら秀吉と同じようなことを言ったものだと気がついた。今にして思えば、秀吉の心残りと悲しみが身につまされる。なんたる凡夫——と嗤ったが、自分も全く同じではないか。しかも秀吉と違うのは、頼む相手が敵対を予想される人物なのだ。そんな男に、伜への情誼を請うなど、われながら見下げ果てたものだ。

頼むべきは秀頼のことのみで、己が伜のことを口にするなど、これは秀吉の未練どころか、己を嗤うべきだと自虐した。

それが引き金となったか、それから二日後、容態が急変した。

まつは利家の急変以来、帯も解かずに傍を離れなかった。時が一刻一刻、まつの覚悟を刻んでいたが、眠りつづけていた利家が、突然目《あ》を開け、何かを言おうとするように口を開いた。

「殿、何を、何をおっしゃりたいのです」

手を取り、病み衰えた頬に頬をすり寄せた。聞きとりにくい声ながら、一言も聞きもらすまいと耳を口元に近づけた。

「利長に」

「はい、利長に」

「そなたから伝えてくれ」

「はい、何と」

「三国（越中・能登・加賀）を大事に守れ、余計な野心を持つでない。それから、後継者については利政と相談し、早くから育てよ」

　そこで声が途切れた。

「殿、殿」

　利家を揺すり、声を聞きとろうとしたが、再び口は開かず、手も反応を示さなかった。

　利家の死が発表されたのは慶長四年（一五九九）三月三日、享年六十二歳。奇しくも秀吉と同じ年であった。

　大坂城前田屋敷から遺体が出るという日、各大名が家臣を従えて一斉に城門から並んで列をなした。その列は延々一里に連なり、柩の上に桜花が惜しみなく降り、利家大坂退去の見事な花道となった。

　そして京では家康の見送りを受け、北ノ庄では城主青木秀以の儀礼も受け、粛々と柩は家臣団とまつに守られて金沢城の門をくぐった。

第十三章 ❖ 梅花散る

㈠

金沢城の南、野田山に葬った利家の法名は高徳院殿《こうとくいんでん》先《さきの》亜相《あしょう》桃雲《とううん》浄見《じょうけん》大居士《だいこじ》というもので、墓石と化した利家の前で、まつは瞑目して動かない。そんなまつの背後で、利長と利政は母を気遣っている。

長い看病と大坂からの移送、つづいて葬儀埋葬と休む間もないまつの疲れと悲嘆を思いやってのことである。

「母上」

「ああ」

我に返ったまつの網膜に映っていたのは、病み衰えた臨終の利家ではなく、荒子の館に泣いて帰ってきたまつを迎えた少年の利家であった。

「もう城にお戻りにならなくては」

利長に促されて踵《きびす》をめぐらす足どりはしっかりしている。人の介添えなどいらぬ足の運びに、付き従う者たちも内心驚いている。

(しっかりしておられる、奥方様は)

決してしっかりしているわけではないが、利家亡き後のことを思うと、いつまでも悲しみに溺れてなぞいられない。

利家の葬儀を前に、まつは、黒髪を惜し気もなくおろして芳春院と号した。世の習いとはいえ、まだ豊かな黒髪をおろしたことを悲しんだのは娘たちだった。

いずれはこうした母の姿を見ることは覚悟の上だが、それでも頭を覆った尼形《あまぎょう》は淋しい。

「本来なら主と共に冥土へいかねばならぬものを、この世に生き残るからは当然のことじゃ」

そう言うものの、麻阿の場合は違っていた。

昨慶長三年八月秀吉の逝去に伴い、多くの側室たちは髪をおろし、それぞれ伏見城を出ていった。ところが一人髪をおろさなかったのは麻阿だった。

秀吉の死後、利家夫妻が気になったのは麻阿のことだ。数多い娘の中で、側室という日陰の身を強いられたのは麻阿だけである。まだ三十歳になったばかりの麻阿を尼にさせるには忍びなかった。できたらこれを機《しお》に、真っ当な婚姻をさせたいところだ。

秀吉の葬儀が終わってから間もなくのこと、麻阿が利家夫妻の許に現われた。皮肉にも麻阿がこの大坂屋敷に両親を訪ねたのはこれが初めてである。

その麻阿から聞かされたことは意外な話であった。権大納言《ごんだいなごん》万里小路《までのこうじ》充房卿《みつふさきょう》から秀吉の死を待ち受けていたかのように婚を求められたというのである。

正室を亡くしていた充房卿が、いつ、どこで麻阿を見染めたかはわからないが、醍醐の花見でも充房卿の視線を感じていたという。

ともかくこれは願ったり叶ったりのことで、伏見城を出た麻阿が、今度は権大納言前田利家の娘として万里小路家に入ることになった。危ういところで髪をおろさずに済み、そして充房卿の正室となったことは、思いもかけぬ天恵であった。

「これでわしも楽になった」

利家の偽らざる心情だった。多い子の中で、麻阿だけが秀吉の慰み者になったことに、苦しみつづけてきた。それが一挙に解放され、人並みの幸せを摑むことができたことで、肩の荷をおろしたというのが実感だった。

その麻阿から、

「母上様の尼姿を見るなんて」

と涙ぐまれた。

「よいではないか。わたしのことより、そなたのことがあの時案じられたのう。それが髪をおろさずに公家に入ったのは何よりじゃ。これから大坂で何が起こるやもしれぬからのう」

母の案ずることばの意味を、今は確と聞き分ける麻阿である。

それから二ヶ月もたったであろうか。新緑はいつのまにか初夏の光を照り返している。

卯辰《うだつ》山の緑も濃く、浅野川の川音が涼風を送ってくる。もう立ち直り、利長のいる大坂へ戻らねばと思っていると、ふいと京の高台院（北政所・ねね）のことを思い出した。

利家の柩が伏見屋敷に立ち寄ったとき、尼姿の高台院がひそかに見送ってくれたが、人の列に埋もれて、別れを惜しむ時間もなかった。それも悔やまれる。

高台院が大坂城を出たのは、昨年の秋である。秀吉の死に伴い、家康に伏見城を明け渡し、暫く大坂城に入ったが、それから城を出て京の三本木の屋敷に移ったという。

高台院が大坂城を出たのは、誰からの差し金でもなく圧力でもなかった。つまり彼女の決断だった。

子飼いの尾張衆に支えられている高台院が、城を出るということは、軽卒ではないかと思った。しかし、秀頼という錦の御旗を楯にしている淀殿には敵《かな》うべくもなく、燻《くすぶ》りの火種になることを恐れて秀頼母子に城を与え、出たのである。

（もし彼女に子があったら……）

勿論これは仮りの話だが、側室たちに何人子があろうと、城を出るなどということはないだろう。

世捨人になった彼女は、今どうしているだろう。あるいは気楽に京の日々を、穏やかに過ごしているのでは。

そう思うと早く会うてみたいものだ。そして互いに多忙に打ち過ごした年月の乾きを埋め合わせたい。

そんなことを、丁度金沢城にきていた二男利政に話したところ、いきなり大反対された。

「母上、京の高台院殿にお会いになったりしてはなりませぬぞ」

利家譲りの美男の利政は、声もまた父親似である。

「どうしてじゃ利政、わたしはもう髪をおろした尼じゃぞえ。浮世の者でないものが、昔語りなどして悪いことがあろうか」

「普通の尼人《あまびと》ならともかく、大坂が今どんな状況にあるかをお考えになるべきでしょう」

「というても、高台院には不義理の数々、それを埋め合わせたいと思うての」

「したがそれは軽卒というものです」

と利政は引かない。

「高台院に会うことがそんなに軽卒なことか？　わからぬことよ」

芳春院は溜息をついた。

「母上はご存知ないのですか。高台院が今、京で何を画策されているかを」

「画策じゃと？　尼の身で」

「そうです。あのお方のなされようは、まさに大坂を二分しようとなされているのです。そのために大坂を出られたようなもの」

（まさかあの賢い高台院が）

「高台院は城を出るとき、家康殿を大坂城西の丸に入れました。淀殿が一番忌避する人物をどうして城に入れるのです。

それればかりではありませぬ。高台院は京の屋敷で屢々《しばしば》家康殿と接触しています」

「……」

「家康殿の接触の目的は高台院の懐柔です。淀殿への妬心を癒し、尾張派を完全にこちらに取り込むためです。

狸爺という異名をとるほどの根廻し上手の家康殿です。いかに悧発な高台院でも、家康殿からみれば一介の尼女人《にょにん》に過ぎませぬ」

「やっぱり城を出たのは間違いであったかのう」

「いや、それも一つの選択だったのでしょうが、隠棲されたからは徹底して隠棲されるべきでしょう。尾張方や、まして家康殿に会われるなど、政争から離れなければなりませぬ。

ああ、それからこれも耳に入ったことですが、家康殿は高台院のために、近々大変立派な新邸、といっても寺院ですが、それを造営するという噂ですよ」

高台院がそこまで家康に取り込まれているということは、いよいよ大坂城内の対立が確然としてきたということだ。

「したが母上、前田は父上の後を承《う》けて、豊臣を立ててゆく立場です。ですから母上も……」

「そうじゃのう。わたしはどうも大坂のことに疎いようじゃ」

そうなると利長の立場が思いやられる。利家亡き後、大老職と傅役《もりやく》を受け継いでいる利長である。

「大坂にお戻りになられましたら、しっかり兄上をお支え下され」

「この母に何が出来よう。わたしはここで高徳院殿の菩提を弔う暮らしをしたいものを」

それが許されないのは、三年間大坂に在って秀頼を扶《たす》けよという利家の遺言があるからだ。

「それでは母上、お気をつけて」

翌日利政は七尾へ帰り、芳春院も久しぶりに金沢を発《た》って大坂への旅についた。

㈡

大坂にきてみると驚いた。利政の言う通りだ。利家の看病にとりまぎれ、外の動きに目がいかなかったようだ。

まさに大坂は秀頼・淀殿をとり巻く石田三成派の近江衆と、対するは家康派の勢力が一触即発の態《てい》である。更に悪いのは、その家康に豊臣子飼いの尾張衆が抱き込まれていることだ。

父利家の後を継いで五大老の座に就いたものの、五奉行筆頭の三成は佐和山城に帰り、伏見在住の大小名も下国（国へ帰ること）を開始している。

利長は苦慮した。大小名の下国は、この権謀術数渦巻く大坂から距離を保つためか、あるいは戦闘準備とも考えられる。

「どうしたものかな」

長頼に相談すると、

「ご帰国はなりませぬ。殿はお父上の後を承《う》けた大老にござりまする。それに秀頼公の傅役にござりまするぞ」

と反対された。三十九歳の利長は、父利家の立場と重責が身にしみた。父の死期を早めたのも、こうした抗争のしからしめるものだったのではないか。

「母上、私には大老職も秀頼公傅役の大任も勤まりませぬ。長く北陸にいたためか、正直なところ、大坂のことがわからないのです。これでは身を危うくするのではないかと」

深刻に打ち明ける利長に、芳春院の母心が動いた。思えば秀吉の時代から従ってきた利家と違い、息子は大坂事情にも疎く、諸大名との付き合いもない。そんな利長が、双方から責めたてられてどう態度を決めてよいかわからないようだ。

坂することになった。

家康としては利長にそれだけの叛意と力があるとは思っていない。ただこの際、利家亡き後の前田に難癖をつけて威嚇し、豊臣方から分離させて徳川に引き込むことである。そういう意味で、利長の帰郷と密告はまことに家康にとって絶妙の好機だった。

だから、長知が舌が千切れるほど弁明しても家康は首を縦に振ることはない。そして最後に、

「証《あかし》を立てるためには人質を出して貰わねばなるまい。人質は勿論利長殿に最も近い身内じゃ。その人質を江戸へ送ってもらおう」

と言い出した。「人質」ということばに、長知は喉が詰まり胸がつかえた。秀吉との間で麻阿姫のことはあったが、今度は家康からそれを強いられようとは思わなかった。

鉛を呑んだ思いの長知が金沢に戻ってくると、利長の居室に数名の重臣が集められた。そこには芳春院も列していた。長知はまず弁明の立たなかったことを詫び、人質の件を小声で述べた。

「人質とは無礼な！　前田と徳川は五大老と同格ではござらぬか。それをありもせ

ぬ濡れ衣を着せられての嫌疑など、これは徳川の謀略にござる」

「そうじゃ、その通りじゃ」

「して殿にはこの言い条、いかがなされまするか。人質など立てられては、この後、ますます徳川の風下に置かれ、豊家大老と秀頼君《ぎみ》傅役のお役に支障が起きまする」

「したがここで徳川に攻められ、万一のことあらば、初代様、営々辛苦なされて築かれし三国を失うことになりかねませぬぞ。それでよろしいのか。ここはなんとしても堪忍すべきところではござるまいか」

血を吐く思いの長知に、一同は沈黙した。その沈黙を破ったのは芳春院だった。

「長知殿の言い条もっともじゃ。尼は高徳院殿（利家）と長い生涯を共にしてきたが、思えば堪忍のしどおしじゃった。それで人質と言うなら、この尼が江戸へ参ろう。のう利長殿」

芳春院は、長知の返答を聞きながら、その人質こそ自分でなければならないと覚悟した。なぜなら、この窮地の因《もと》を作ったのは自分である。

長頼たちがあれほど下国を諫めたのに、気の弱い利長の心情を汲み、つい下国を勧めてしまった。その結果として前田家の危機を招いたからは、それを救うための手だては、言い出した自分でなければならない。

「したが母上、子が老母を、それも尼になられた人を人質に送るなど、武家の恥辱にござります」

青ざめた利長の唇が震えている。

「いや、そうでもなかろう。今は亡き太閤殿下も、一時期徳川殿に痺《しび》れをきらし、七十四歳にもなられた大政所を人質に出されたわ。それからみれば、尼はまだまだ若いのじゃ。前田のためになるなら、どこへでも行きましょう。何も殺されるわけではない。

それに利長殿に下国を勧めたはこの尼。尼にも責めがある。七十四歳の大政所のやれたことを、芳春院がやれぬでは、泉下の殿に申し訳が立ちませぬ。

利長殿、すぐにも徳川殿に人質のこと承諾したとお伝えなされ。母のことは気遣いなさるな。母は決して気弱な女ではありませぬ。利長殿の生母じゃゆえ」

ククク ッと嗚咽《おえつ》を漏らしたのは長知であった。

「いや、さすがは殿のご生母様、われら男でさえそれだけの覚悟はでき難いものでござる。謹んで有難くお受けつかまつろう」

芳春院が大坂を発ったのは明くる年の慶長五年（一六〇〇）五月十七日。花の京・大坂と違い、荒夷《あらえびす》といわれた江戸は、まだ広漠とした武蔵野が原である。そこに定めた家康の府城は、西の贅に馴れた体には馴染みにくかろう。そこへ五十三歳の尼が人質として下ることに、見送りの人々は涙をこらえた。けれども芳春院は背筋を伸ばし、随行の五人を気遣うくらいだ。そして金沢の利長に宛て、

「侍は家を立てることが第一。母を思うて家を潰すことがあってはならぬ。私たちのことは捨てよ」

と横山長知に伝言した。私たちとは随行の村井長頼、前田長種（長女幸の夫）の娘、横山長知の二男与一、山崎長徳の二男長郷、太田長知の娘の五人である。

㈢

東海道で初めて見る富士に目を奪われ、暫し江戸下向の憂さを忘れた。そしてようよう江戸の土を踏むと、山らしい影もない広大な平地だ。

家康の江戸城といっても大坂とは比ぶべくもない。かつて太田道灌が構築した江

戸城の名残りもそのままに、簡素なものである。江戸の湾《うみ》が近く、潮の香りがしてくる。大坂に馴れた目には、尾張や越前の頃を思い出してしまう。

江戸城の中の女房衆の棟に入り、いつまでつづくかわからぬ人質の暮らしが始まった。といっても、老いの尼など誰も関心がないらしく、思いのほか開放的な生活だ。

この城郭のどこかに、お市の方の三女、つまり淀殿の妹小督《おごう》がいるはずだ。その小督の長女千姫と、秀頼の縁組みを策したのは秀吉だったが、それもどうなるかわからない。

しかし、何はともあれ、豊臣・徳川の和平を祈らずにはいられない。それにしても、ここ江戸では京・大坂のきな臭さはなく、本当にのんびりとした気分である。

ところが夏が過ぎ、九月半ばを過ぎた頃、大変な報せが入ってきた。豊臣軍と徳川軍が八万五千対十万四千をもって美濃の関ヶ原で激突、小早川秀秋《こばやかわひであき》の裏切りによって豊臣方は敗北。石田三成・小西行長・安国寺恵瓊《えけい》らが捕えられ、京・大坂の市中を引き廻された挙句、六条河原で斬られたというのである。

そのような大戦《おおいく》さがあったというなら、利長は一体どちらに付いて戦ったのだろう。本来なら、西軍に付くべきところだ。しかし、昨年の件で母を徳川に人質として送ったからは、あるいは徳川軍に付いたのだろうか。

「長頼殿、わたしの耳にはとんと入れてはくれぬが、利長のこと、そなた知っているのではないか」

「はあ、実は折々報せがきておりましたが、それも実は私奴宛のもので、芳春院様にはご心配をおかけするなということでござりましたれば」

と長頼は恐縮しながら利長の動きを報じた。

六月、金沢に在った利長は、家康から会津上杉討伐の出陣を命ぜられた。そこで出兵の準備にかかっていると、七月に入り、越前府中の堀尾吉晴から急遽来援の要請を受けた。敵は豊臣派の敦賀城主大谷吉継である。

どうしたものかと迷ったが、母を江戸に送ったからは、徳川方の命に背くことはできない。そこで七月半ば、二万五千の大軍を率いて松任に入り、直ちに大聖寺城を陥れた。

そしていよいよ府中へ進撃しようとしていると、吉継が石田三成に応じて急遽美濃へ転じたという。それではと大聖寺から小松に返し、小松城攻略にかかった。

つまり利長の関ヶ原は、北陸の戦さだったのだ。

「これでほっとしました。江戸へ出てきた甲斐があるというものじゃ」

安堵した芳春院の耳に、なぜか長頼の吐息が聞こえた。

「何か？」

長頼の顔にあきらかに逡巡が見える。

「ほかにまだあるのか？　この尼に秘め事はなりませぬぞ」

長頼はまだ躊躇《ためら》っている。しかし、そこまで言われれば明かさないわけにはいかない。

「実は利政殿がご出陣を拒否なされましてございます」

つまり西軍に義を立てて、家康の命に従わなかったということだ。

思えば利家の葬儀の後、久々に利政と話し合った折、家康と接触のある高台院には会うなと意見したものだ。

大老でありながら、豊家の脅威となっている家康を憎悪している利政である。前田としては、父の遺志を守り、豊家に付いて、徹底して徳川と戦うべきだという信条である。

母と別れるとき、「兄上をお支え下され」と言い残したことばに、それがこめられていた。

ところが大坂の動きに思い余った利長に、芳春院が下国を促し、それが好餌《こうじ》となって家康に取り込まれてしまった。

そして母の江戸下向となった一連の動きに、利政はどれほど業を煮やし、臍《ほぞ》を噛んだことか――。

(したが利政はこれからどうなる)

利政と前田の運命を思うと、夜も寝られなくなった。

そればかりではない。関ヶ原合戦の豊臣軍敗北に加えて、思いがけない凶報が芳春院を驚かせた。

宇喜多秀家の逃亡である。備前岡山城主宇喜多直家の子だったが、幼時秀吉の猶《ゆう》子《し》となり、成長後も誠実に生きた秀家である。この秀家の妻が、秀吉に送った四女豪姫だった。

「秀家殿は薩摩を頼って逃げられましたが、どこまで薩摩が隠し通せましょうや。それに姫様とお子たちのことが……」

ほかの娘たちもそれなりに境遇に恵まれたが、豪だけは別格である。それゆえに利家もまつも距離をとった。

ところが秀吉亡き後、豊家の運命は傾き、とうとう東西戦で大敗した。その敗軍の将が遁走したからは、妻子に咎めのこないはずはない。大運極まれば果つるの習い通り、豪の運も終わったことになるのか。

「なんぞいい思案はないものか、豪と子らだけは助けたいものじゃが」

芳春院の語尾が震えた。

「私奴もそのことを思案しておりましたが、これはなんといっても殿の助命嘆願しかないと存じまする。その辺りは、殿もお考えあると思いますが」

養父母を失い、夫をも失って初めて豪は自分の出生と頼る先を知ることになった。さぞや乱れ、動転していることか。本来ならこの母が大坂に走り、初めてこの胸に豪を抱いてやりたいものを。しかし、千里を隔てる西と東、それも人質の身なれば動くこともかなわぬ。

「長頼殿、文をしたためるゆえ、利長殿に豪を助けてやって欲しいと」

涙が頬を伝い、われにもなく乱れる芳春院を、

「ご安心下されませ。必ず殿は姫様とお子を金沢にお迎えなされます」

と長頼は慰めた。

そこへ更にまた追いかけるようにして凶報がつづいた。芳春院の六女千世のこと

である。千世は細川忠興の嗣子、忠隆の妻である。忠興父子が家康に従って行を共にしていた頃、大坂の細川邸に三成方の使者が入り、人質として大坂城入りを命じてきた。

しかし、忠興の妻玉子（ガラシャ・明智光秀の娘）は再三の督促にも動かず、遂に邸に火をかけ、自らは家臣に胸を突かせて壮烈な死を遂げた。徳川方に付いた舅と夫の立場を守り、死をもって細川家の面目を立てたのである。

ところが千世は姑に習わず、豪の手引きで男装して逃げ出した。これが後日、取り沙汰され、千世は細川家を逐《お》われ、金沢に戻ることになった。

天晴れガラシャに対して、千世の何たる不様なことよ。長頼はそれを年の差、年の分別の違いと言うが、そうではない。武家の女の覚悟の差というべきだろう。そして世間は、明智と前田の違いと嗤うだろう。

（千世よ、やっぱりそなたも、姑上《はは》と死を共にすべきではなかったかの）

関ヶ原の戦さは、男だけの戦さではなく、女たちの戦さでもあったのだ。しかるに、前田の娘二人は金沢に戻ってしまった。

姉豪は、関ケ原の戦いで敗れ遁走した将の妻、妹は戦さの前に、細川屋敷を逃げ出した妻。止むを得ぬとはいえ、決して褒められぬ処し方である。

利家が生きていたら、なんとしたであろう。それに自分が大坂にいたら、どうしたであろう。それを思うと答えはない。

しかし、利家が死に、この自分が江戸に在るゆえ、二人が助かったともいえるだろう。

「長頼殿、わたしは娘を多く持ち過ぎた。高徳院殿も言うておられたが、やっぱり女とは悲しいものじゃ」

そう言いながら芳春院は涙を拭った。

「いやいや、男も悲しい生きものにござりまする」

長頼は長い間利家夫妻を見てきたが、今ほど、悲しむ芳春院を見たことがない。

（気丈なお方様だったのに）

脇息に体を預け、突っ伏すようにして咽《むせ》ぶ芳春院を、慰めることばもなかった。

㈣

それから十四年の歳月が流れた。雪のない江戸、そして日に日に賑やかになっていく江戸の暮らしに馴れた慶長十九年（一六一四）五月二十日過ぎ、芳春院を転倒させんばかりの衝撃的な急使が入った。

長く腫物《しゆもつ》で苦しんでいた利長が五十三歳で死去したというのだ。その日芳春院は放心し、それから身をよじって悲痛に堪えた。

「若い者がどうして先に」

六十二歳の利家を送った以上に、息子の死は辛い。

利家死後、上坂し、政争に巻き込まれ、前田を守るためにやむなく徳川に付き、豊臣・徳川の戦さで北陸鎮定に当たった。父利家の陰にあって、目立たず生きた利長は、それでも能登二十一万石余、小松・大聖寺十八万石余を加増され、加・越・能三国、百二十万石の大大名となった。父の遺業を削るどころか、盤石なものとした。

その間、異腹の弟利常（猿千代）を嫡子とし、徳川二代将軍秀忠の二女珠姫を利常の正室に迎え、将軍家の外戚としての地位を得た。まさに北国の雄、前田を確立したのである。

それに内にあっては妹豪姫母子を迎え入れ、八丈島に流刑となった宇喜多秀家父子のために、生活諸用の物品を送りつづけ、また、細川家から戻った千世を、村井長頼の嫡子に再嫁させた。

（いい息子であり、兄であり、よき大名であった）

その利長をこの手で一度も看取ることがなかったことが悔やまれる。伝え聞くと、利長は「母上に、母上に……」と言いながら、ことばつづかずこと切れたという。母に何が言いたかったのか、何を言い残したかったのだろう。江戸下向の詫びを言いたかったのか、それとも先立つ不幸を赦してくれとでも言いたかったのだろうか。

芳春院が江戸から解放されたのは翌六月で、慶長五年以来、実に十四年間の人質生活だった。しかし、幕府はただ芳春院を解放したわけではない。芳春院の身代わりを立てることになった。それが利常の母――。つまり肥前名護屋で利家の手のついた、かつてのまつの侍女、お千代保（東丸殿）で、今は寿福院となっている尼との交替である。

十四年ぶりに晴れて江戸を発《た》った芳春院は、往きと違い中山道《なかせん》をとった。利長が慶長十五年から高岡城を居城としていたため、ぜひとも立ち寄りたかったからだ。そして利長の霊位に額突《ぬかづ》くと、玉泉院（利長正室）を伴って懐かしい金沢城に入った。

今や肉落ち、腰をかがめる墨染めの老尼に、城内総出の迎え人は、ひとしく涙をもよおした。

「本当に長い間、ご苦労様にございました」

利常自ら両手をつき、老母の苦労を謝してくれた。その姿に、形だけのものでない誠意を感ずるのは、この芳春院に替わって生母寿福院が旅立ったからであろう。

「老いぼれが戻ってきて、厄介をかけまするのう」

「何を仰せられます母上様、母上様のお心遣いと勇気があったればこそ、今の私がございます」

それを言われて芳春院は、枯れたはずの涙を流した。思えば利家の肥前名護屋での所行に腹を立て、お千代保母子を城に入れなかったものだ。しかし、それを思い直したのは、秀吉の後継問題だった。猿千代を生かさねばならぬと考え、母子を金沢城に入れた。

その猿千代が、利常と名乗って前田の三代藩主となった。利政が失脚した以上、前田の男はこの利常である。因果というものをしみじみと思い知らされる。

「利常殿、かたじけのうございます」

そう言いながら芳春院は、利常の顔に、利家と利長の面影を探っていた。

その年の十月、利常は家康の豊臣征伐に応じ大坂へ出陣した。大坂冬ノ陣である。ところがここで片が付かず、明けて慶長二十年四月、つづいて夏ノ陣といわれる豊臣攻略が始まった。家康から大坂城攻撃の先陣を命ぜられた加賀軍は、越前軍とともに真田曲輪《ぐるわ》を襲撃、城内一番乗りの戦功をあげた。そして五月八日、天下無双を誇った偉城を、炎に包んで落城させた。

そんな話を聞くまいとしてもここでは容赦なく飛び込んでくる。それを聞かせてくれるのは豪である。若い頃男装をしていたというだけあって、豪は思ったより自分の運命の変転に恬淡《てんたん》としている。

秀吉から余程戦さ話を聞かされたらしく、戦さのことを語るときは男のようだ。そして帰還した兵たちからも細々と聞いたのだろう。それのみか、

「八丈島へ行ってみたい」

などと言い出し、利常や重臣たちを困らせるという。おそらく娘たちの中で一番気丈なのはこの豪であろう。

娘たちといっても、今生存しているのは奇しくもこの豪と千世だけである。秀吉没後、万里小路充房卿の妻となった麻阿も、慶長十年に病死している。たった七年

の結婚生活だった。

それからみると、なんと老いの身の長命であることか。もう七十に近い年齢である。

(娘たちの生命力まで奪ってしもうたようじゃ)

そんなことを思うこの頃である。そして元和三年(一六一七)の晩春、芳春院は思い立ったように上洛した。京の嵯峨野に隠棲している利政と高台院に会いたいからだ。

五人の供を連れて新緑の嵯峨野を往き、案内の手引きで輿を降りた。前もって知らせてあったため、利政は在宅していた。

「母上」

十七年ぶりの再会に、利政は母のあまりの衰えに胸を衝かれた。

「お幾つになられます」

「七十一になります。お父上や兄上が亡くなられたというのに、この尼はまだこのように……」

「いえ、嬉しゅうございます。母上に会えるなぞ夢にも思いませんでした」

そう言うなり利政は芳春院の体を抱えるようにした。

　簡素な住まいではあるが、下男下女もいて家の中は閑静な趣きである。

「私奴の意地を通して、兄上や母上に非常なご迷惑をおかけしたことを、心から申し訳なく思うております」

　手をつく利政に、利家の面影をみてハッとした。

「よろしいではありませぬか。そなたはそなたの道を貫いたのじゃ。あの徳川殿に楯つくなど、出来ることではなかった。それゆえ利長殿はああした道をとられた」

「はい、こんなことを申し上げてはと思いますが、私はもう一つの前田の在りようを示したつもりです」

「そうじゃ、その通りじゃ。亡きお父上はそなたの一分にさぞ泉下で満足しておられよう」

「有難うございます。それに兄上のお計らいで、私は暮らしに事欠くことはありませぬ。私は不肖の身なれど、よき父上、よき兄上を持ったと感謝しております」

　なんと嬉しいことを言うてくれることか。実は道々、利政からいろいろと愚痴られ口説かれるのではないかと覚悟してきたが、なんと会ってみるとそれどころではない。

「そなたはお父上に生き写しでのう。いい男振りじゃったが、今も変らぬ。ここへきた甲斐がありました」

それから一刻ほどして芳春院は利政の家を辞することにした。

「よかったら金沢のわたしの別宅においでなされ。もう世は静かになりましたぞえ」

「有難うございます。そのうち母上をお訪ねしてみとうございます」

明くる日は懐かしい高台院を訪ねるべく、鴨川辺りの宿を出て、八坂に近い高台寺を目ざした。

秀吉没後、落飾した北政所・高台院は大坂城を出て京の三本木の屋敷に入った。その高台院に家康は財を投じて高台寺を建立寄進し、慶長十一年（一六〇六）落成、高台院はここに移った。

太閤の後室に野心をもって建造しただけあって、圧倒するばかりの壮観な寺院である。

取り次ぎの案内で長い廊下を歩き、ようよう庭に面した奥の書院に入った。

すると待っていたとばかりに上手の戸が開き、尼形の高台院が現われた。

「まあ、これはこれは遠い所を。さ、こちらにお進み下され」

と高台院は皺の顔いっぱいの笑みを湛えて手を伸ばした。

「それでは」

と膝を磨りながら近づくと、芳春院は高台院の手を取った。何年ぶりであろう。こうして手を取り合うなど、こみ上げるものがある。

「永のご無沙汰、本当に申し訳もござりませぬ」

「いやいや、お聞きすれば十四年もの間、江戸におられましたとか。ほんとうに大変でしたね」

高台院に労《ねぎら》われ、却って複雑な思いだ。

「これも武家の習いでございまして。したがその昔、大政所様も徳川殿の所にいかれたこともござりましたゆえ、何もわたしだけというものではありませぬ」

「それでもよく十四年間も我慢なされました」

「いやいや、わたしの出番はそんな所で。それでどうやら前田が保《も》ちました。したが利長の所行、申し訳なく思うております」

途端、高台院は暫く声を詰まらせた。

「こうなりましたは、つまりはわたしに子がなかったからです。子があったら、わたしは大坂城を出ることはなかった。そして豊臣を一つに束ねて徳川に対抗したでしょうに。

淀殿への妬心が、つまりは家康殿にわが心を売ることになってしもうた。夏ノ陣で、大坂城が紅蓮《ぐれん》の炎に包まれて落城したと聞いたとき、わたしは太閤殿下の号泣を聞いたような気がしました。

豊臣を守るべき後家が、徳川に付くようでは話になりませぬ。恥じております」

「まあ、そのようにご自分をお責めになってはいけませぬ」

互いに寡婦が、旧交を温めようと訪ねてきたのに、序の口から聞かされたことは怨みと自責のことばである。

「責めるなと言われても、それはもう……」

眉を剃った皺深い瞼が時々閉じられ、深い吐息がもれるばかりだ。

「あなたと違うて、わたしは全てを失いました」

秀吉と共に築いた大坂城や聚楽第・伏見の城も焼かれ、後は徳川のものである。それから秀吉が愛した子飼いの家臣たちも斃れ、あるいは四散してしまった。その中には狂死した甥の小早川秀秋もいれば、手塩にかけた娘豪も金沢である。

「太閤の豊国廟が家康殿によって破却されたとき、わたしは身にしみて家康殿の恐《こわ》さを知りました。あの人の窮極を知りました。

そのときわたしは、永ろうべきでなかったと思いました。今になって淀殿の潔さに気が付くくらいですから。これも不徳のいたすところ、子のない女の過ちだと――。

それからみると、貴女はお子のために、十四年も我慢なされた。そして脇腹の子をも立て……わたしの負けですよ芳春院様」

「なんということを」

昔語りを求めてきたはずが、話は高台院の悔悟と怨みに終始してしまった。

金沢へ戻った芳春院は、一度に疲れが出た。

楽しい思い出を笑える話は一つもなく、持ち重りするばかりだ。

一代で興り、一代で滅んだのはなぜか。それは高台院の述懐に尽きていた。

この頃蒸し暑さがこたえるようになったためか、床から起きられなくなってきた。終日、床の中でうつらうつらと夢現《うつつ》の日がつづく。

すると折々、夢の中に利家が現われる。声まではわからないが、大抵は武者姿である。時には馬に跨《また》がって帰ってきたときであり、門から見送るときだったりする。

利家が最も輝いていたときで、そんな戦さ人であった夫を愛し、命をかけて利家の無事を念じながら送り迎えしたからだろう。

そんな夢の余韻を楽しんでいると、豪がやってくる。そして、

「母上様、母上様」

と半分甘えるようにしながら、食事の世話や時には体を拭ってくれたりする。

芳春院の生涯で一番縁の薄い娘であったはずの豪が、母娘《おやこ》の縁を取り戻そうとするかのように側に傅《かしず》いてくれる。

(こんなに優しい娘であったか)

と思うと、高台院に申し訳ない気がする。

「京の高台寺へ行ってみなさらぬか」

と言うと、

「八丈へなら今すぐにでも行きましょう」

と相変らずのことを言う。

豪に次いで、必ずといっていいくらい枕頭にきてくれるのは利常である。面差しはどちらかというと利長似であろうか。

「母上様いかがですか」

伸

「いや、祖母様《ばあ》じゃ」

と芳春院は言い直す。十四年もの間江戸に在って、利常の成長を全く知らずに過ごしたのだ。それが見事な三代目となってくれた。今はただ生母寿福院に感謝するばかりである。

「召し上がりたいものはございませぬか」

その声は奇しくも利政似である。

「いや、そんなものは何もない。それより、利常殿を見ていると、初代様と二代目様がそこにおられるような気がしてのう。ほんにわたしは幸せじゃ。

ああ、それから江戸におられる母上には、必ず便りをなされませ。祖母の頼みじゃよ」

そう言いながら、若い利常に、利家や二人の息子の面影を見る。

それから十日たった七月十六日、芳春院は危篤に陥った。側に付いているのは豪と千世、そして利常である。

「母上様、母上様」

娘たちの声が微かに聞こえる。芳春院は枕辺の顔の中から利常を探した。

「ああ、母上様」

その利常に芳春院は細い掌《て》を合わせた。

「利常殿、前田を確とお願いします。前田を……」

それが最後の言葉であった。

「お案じなされまするな。利常、必ず前田を守ってみせまする」

元和三年（一六一七）七月十六日、七十一歳の終焉であった。

「芳春院は、梅の花のような女《ひと》であられた」

と語ったのは、後年、名君と謳《うた》われた三代藩主前田利常である。

あとがき

北陸の雄都、加賀金沢といえば、風格を残す町並みや兼六《けんろく》園、さらには高度の工芸や文化を生んだ百万石の城下町として知られる所である。

この金沢藩の初代が前田利家だということは大方の人の知るところだが、利家が尾張国荒子《あらこ》の出身だったことや、いかにして金沢に配されたかについては、意外に知られていないようだ。

それは、戦国期の信長や秀吉、また家康たちの陰になったことや、また武将としても華がなく、いわば二流だったからかもしれない。

今回、この小説の書き下ろしにあたり、私は、これまであまり書かれてこなかった利家とその妻まつの人間性を活写することに努めた。

ところで人というものは、生涯のうちで誰（何）に出会うかによって、何かを学び、また何かを得、時には何かを失うことがある。

利家は、信長・秀吉という天下人《びと》から何を学び、何を得、そして何に失望したのだろう。

幼時から信長に従ってきたが、北陸の野陣で「本能寺の変」をどう思ったか――。

秀吉については、同期生の破格の出世に、驚異と距離を覚えつつも、秀吉晩年の老害政治には深い絶望感があった。それ以上に利家が苦しんだのは、二人の娘が、一人は秀吉の養女に、一人は側室にとられたことだ。

では上司、柴田勝家に対してはどうだったか。利家はこの上司を、近江柳ヶ瀬の戦さで裏切り、秀吉に付くという非情をやってのけた。

次にもう一人、若い頃からのライバル佐々成政に対してはどうだったか。「槍の利家・鉄砲の成政」と互いに張り合った二人が、人生の勝負を賭けたのは能登・末森城の攻防戦だった。

結着は利家が勝利したが、後年、成政が秀吉によって無念の切腹を遂げたことを惜しんだという。

再び繰り返すが、利家は信長・秀吉の晩年の生きざまとその死に何を学んだか――。稀代の権力者は、共に奇しくも一代で潰れたのだ。

そこで利家は、息子利長に「野心を持つな、領国を大事にせよ」という凡庸なことばを遺した。しかし、この凡庸さが、実は明治まで十四代、約二百七十年の金沢藩（加賀藩）前田家を存続させることになった。

次に、利家との二人三脚を謳われた賢妻まつ（芳春院）のことである。日本女性史で烈婦、賢妻といわれた女性はやはり戦国期や幕末に多い。

まつの評価については、夫亡き後、前田が豊臣と徳川の狭間で苦しんだとき、五十三歳の身で、自分の判断と意志で徳川への人質を承諾し、江戸行きを決めたことにある。

「前田家を立てるため、母を棄てよ」と息子利長に宛てた文には、烈々たるまつの気概と気迫がある。それからの江戸人質暮らしは、なんと十四年間にも及んだ。

ところで平成の女性はどうだろう。離婚の多発や、幼児を虐待死させる若い母親の現われる今日、真に強い女性とはどちらのことを言うのであろう。

それともう一つ、脇腹（妾）の子を三代目に就かせた度量と思慮の深さを、秀吉の妻ねね（高台院）と比較するとき、大いなる結果の差があらわれたことは自明である。

金沢藩二百七十年の基盤は、まさに利家の努力と、まつの献身によって築かれたものだ。

終りに本稿上梓に当たり、お世話になったＰＨＰ研究所文庫出版部の根本騎兄氏に深甚の謝意を申し上げる次第であります。

平成十三年八月

中島道子

本書は、書き下ろし作品です。

著者紹介
中島道子（なかじま　みちこ）
福井県三国町に生まれる。実践女子大学国文科卒業。日本ペンクラブ会員。明智光秀顕彰会副会長（大津市）。武蔵歴史フォーラム会長（川越市）。
主な著書に、『怨念の絵師　岩佐又兵衛』『濃姫と凞子《ひろ》――信長の妻と光秀の妻』『天下の悪妻――越前藩主松平忠直夫人勝子』（以上、河出書房新社）、『それからのお市の方』（新人物往来社）、『秀吉と女人たち』（勁文社）、『徳川三代と女房たち』（立風書房）、『湖影――明智光秀とその妻凞《ひろ》子』（ＫＴＣ中央出版）などがある。

ＰＨＰ文庫　前田利家と妻まつ
「加賀百万石」を築いた二人三脚

2001年9月17日　第1版第1刷

著者　中島道子
発行者　江口克彦
発行所　ＰＨＰ研究所
東京本部　〒102-8331　千代田区三番町3番地10
文庫出版部　☎03-3239-6259
普及一部　☎03-3239-6233
京都本部　〒601-8411　京都市南区西九条北ノ内町11
PHP INTERFACE　http://www.php.co.jp/
制作協力
組版　ＰＨＰエディターズ・グループ
印刷所
製本所　凸版印刷株式会社

ISBN4-569-57611-7